U0463198

eye.

守望者

——

到灯塔去

守望者·香樟木诗丛

删述之余

欧阳江河诗选

欧阳江河 著

南京大学出版社

图书在版编目(CIP)数据

删述之余：欧阳江河诗选 / 欧阳江河著.—南京：
南京大学出版社，2023.2
ISBN 978-7-305-26185-5

Ⅰ.①删… Ⅱ.①欧… Ⅲ.①诗集-中国-当代
Ⅳ.①I227

中国版本图书馆 CIP 数据核字(2022)第 178997 号

出版发行　南京大学出版社
社　　址　南京市汉口路 22 号　　　　邮　编 210093
出 版 人　金鑫荣

书　　名　删述之余：欧阳江河诗选
著　　者　欧阳江河
责任编辑　章昕颖

照　　排　南京紫藤制版印务中心
印　　刷　徐州绪权印刷有限公司
开　　本　880×1230　1/32　印张 9.625　字数 170 千
版　　次　2023 年 2 月第 1 版　2023 年 2 月第 1 次印刷
ISBN　978-7-305-26185-5
定　　价　58.00 元

网　　址：http://www.njupco.com
官方微博：http://weibo.com/njupco
官方微信：njupress
销售咨询热线：(025)83594756

目 录

第一辑（1985—1998）

第一篇 （1985—1998）

手 枪

手枪可以拆开
拆作两件不相关的东西
一件是手，一件是枪
枪变长可以成为一个党
手涂黑可以成为另一个党

而东西本身可以再拆
直到成为相反的向度
世界在无穷的拆字法中分离

人用一只眼睛寻求爱情
另一只眼睛压进枪膛
子弹眉来眼去
鼻子对准敌人的客厅
政治向左倾斜

一个人朝东方开枪

另一个人在西方倒下

黑手党戴上白手套

长枪党改用短枪

永远的维纳斯站在石头里

她的手拒绝了人类

从她的胸脯拉出两只抽屉

里面有两粒子弹，一支枪

要扣响时成为玩具

谋杀，一次哑火

1985 年 11 月

汉英之间

我居住在汉字的块垒里，

在这些和那些形象的顾盼之间。

它们孤立而贯穿，肢体摇晃不定，

节奏单一如连续的枪。

一片响声之后，汉字变得简单。

掉下了一些胳膊，腿，眼睛。

但语言依然在行走，伸出，以及看见。

那样一种神秘养育了饥饿。

并且，省下很多好吃的日子，

让我和同一种族的人分食，挑剔。

在本地口音中，在团结如一个晶体的方言，

在古代和现代汉语的混为一谈中，

我的嘴唇像是圆形废墟，

牙齿陷入空旷

没碰到一根骨头

如此风景，如此肉，汉语盛宴天下。

我吃完我那份日子，又吃古人的，直到

一天傍晚，我去英语角散步，看见

一群中国人围住一个美国佬，我猜他们

想迁居到英语里面。但英语在中国没有领地。

它只是一门课，一种会话方式，电视节目，

大学的一个系，考试和纸。

在纸上，我感到中国人和铅笔的酷似。

轻描淡写，磨损橡皮的一生。

经历了太多的墨水，眼镜，打字机，

以及铅的沉重之后，

英语已经轻松自如，卷起在中国的一角。

它使我们习惯了缩写和外交辞令，

还有西餐，刀叉，阿司匹林。

这样的变化不涉及鼻子

和皮肤，像每天早晨的牙刷

英语在牙齿上走着，使汉语变白。

从前吃书吃死人，因此

我天天刷牙，这关系到水，卫生和比较。

由此产生了口感，滋味，
以及日常用语的种种差异。
还关系到一只手，它伸进英语
中指和食指分开，模拟
一个字母，一次胜利，一种
对自我的纳粹式体验。
一支烟落地，只燃到一半就熄灭了
像一段历史。历史就是苦于口吃的
战争，再往前是第三帝国，是希特勒。
我不知道这个狂人是否枪杀过英语，枪杀过
莎士比亚和济慈。
但我知道，有牛津辞典里的、贵族的英语，
也有武装到牙齿的、丘吉尔或罗斯福的英语。
它的隐喻，它的物质，它的破坏的美学
在广岛和长崎爆炸。
我看见一堆堆汉字在日语中变成尸首——
但在语言之外，中国和英美结盟。
我读过这段历史，感到极为可疑。
我不知道历史和我谁更荒谬。

一百多年了，汉英之间，究竟发生了什么？

为什么如此多的中国人移居英语，

努力成为黄种白人，而把汉语

看作离婚的前妻，看作破镜里的家园？究竟

发生了什么？我独自一人在汉语中幽居

与众多纸人对话，空想着英语。

并看着更多的中国人跻身其间

从一个象形的人变为一个拼音的人。

1987 年 7 月

玻璃工厂

1

从看见到看见，中间只有玻璃。

从脸到脸

隔开是看不见的。

在玻璃中，物质并不透明。

整个玻璃工厂是一只巨大的眼珠，

劳动是其中最黑的部分，

它的白天在事物的核心闪耀。

事物坚持了最初的泪水，

就像鸟在一片纯光中坚持了阴影。

以黑暗方式收回光芒，然后奉献。

在到处都是玻璃的地方，

玻璃已经不是它自己，而是

一种精神。

就像到处都是空气，空气近乎不存在。

2

工厂附近是大海。

对水的认识就是对玻璃的认识。

凝固，寒冷，易碎，

这些都是透明的代价。

透明是一种神秘的、能看见波浪的语言，

我在说出它的时候已经脱离了它，

脱离了杯子、茶几、穿衣镜，所有这些

具体的、成批生产的物质。

但我又置身于物质的包围之中，生命被欲望充满。

语言溢出，枯竭，在透明之前。

语言就是飞翔，就是

以空旷对空旷，以闪电对闪电。

如此多的天空在飞鸟的身体之外，

而一只孤鸟的影子

可以是光在海上的轻轻的擦痕。

有什么东西从玻璃上划过，比影子更轻，

比切口更深，比刀锋更难逾越。

裂缝是看不见的。

3

我来了，我看见，我说出。

语言和时间浑浊，泥沙俱下，

一片盲目从中心散开。

同样的经验也发生在玻璃内部。

火焰的呼吸，火焰的心脏。

所谓玻璃就是水在火焰里改变态度，

就是两种精神相遇，

两次毁灭进入同一永生。

水经过火焰变成玻璃，

变成零度以下的冷漠的燃烧，

像一个真理或一种感情

浅显，清晰，拒绝流动。

在果实里，在大海深处，水从不流动。

4

那么这就是我看到的玻璃——

依旧是石头，但已不再坚固。

依旧是火焰，但已不复温暖。

依旧是水，但既不柔软也不流逝。

它是一些伤口但从不流血。

它是一种声音但从不经过寂静。

从失去到失去，这就是玻璃。

语言和时间透明，

付出高代价。

5

在同一工厂我看见三种玻璃：

物态的，装饰的，象征的。

人们告诉我玻璃的父亲是一些混乱的石头。

在石头的空虚里，死亡并非终结，

而是一种可改变的原始的事实。

石头粉碎，玻璃诞生。

这是真实的。但还有另一种真实

把我引入另一种境界：从高处到高处。

在那种真实里玻璃仅仅是水，是已经

或正在变硬的、有骨头的、泼不掉的水，

而火焰是彻骨的寒冷，

并且最美丽的也最容易破碎。

世间一切崇高的事物，以及

事物的眼泪。

1987 年 9 月 6 日

一夜肖邦

只听一支曲子，

只为这支曲子保留耳朵。

一个肖邦对世界已经足够。

谁在这样的钢琴之夜徘徊？

可以把已经弹过的曲子重新弹奏一遍，

好像从来没有弹过。

可以一遍一遍将它弹上一夜，

然后终生不再去弹。

可以

死于一夜肖邦，

然后慢慢地、用整整一生的时间活过来。

可以把肖邦弹得好像弹错了一样。

可以只弹旋律中空心的和弦，

只弹经过句，像一次远行穿过月亮，

只弹弱音，夏天被忘掉的阳光，

或阳光中偶然被想起的一小块黑暗。

可以把柔板弹奏得像一片开阔地，

像一场大雪迟迟不肯落下。

可以死去多年但好像刚刚才走开。

可以

把肖邦弹奏得好像没有肖邦。

可以让一夜肖邦融化在撒旦的阳光下。

琴声如诉，耳朵里空有一颗心。

根本不要去听，心是听不见的，

如果有人在听肖邦就转身离去。

这已经不是他的时代，

那个思乡的、怀旧的、英雄城堡的时代。

可以把肖邦弹奏得好像没有在弹。

轻点再轻点

不要让手指触到空气和泪水。

真正震撼我们灵魂的狂风暴雨

可以是

最弱的，最温柔的。

1988 年 11 月

寂　静

站在冬天的橡树下我停止了歌唱

橡树遮蔽的天空像一夜大雪骤然落下

下了一夜的雪在早晨停住

曾经歌唱过的黑马没有归来

黑马的眼睛一片漆黑

黑马眼里的空旷草原积满泪水

岁月在其中黑到了尽头

狂风把黑马吹到天上

狂风把白骨吹进果实

狂风中的橡树就要被连根拔起

1990 年 9 月 4 日

傍晚穿过广场

我不知道一个过去年代的广场
从何而始，从何而终。
有的人用一小时穿过广场，
有的人用一生——
早晨是孩子，傍晚已是垂暮之人。
我不知道还要在夕光中走出多远才能
停住脚步？

还要在夕光中眺望多久
才能闭上眼睛？当高速行驶的汽车
打开刺目的车灯。
那些曾在一个明媚早晨穿过广场的人
我从汽车的后视镜看见他们一闪即逝
的面孔。
傍晚他们乘车离去。

一个无人离去的地方不是广场，

一个无人倒下的地方也不是。

离去的重新归来，倒下的却永远倒下了。

一种叫作石头的东西

迅速地堆积，屹立，

不像骨头的生长需要一百年的时间，

也不像骨头那么软弱。

每个广场都有一个用石头垒起来的脑袋，

使两手空空的人们感到生存的

分量。以巨大的石头脑袋去思考和仰望，

对任何人都不是一件轻松的事。

石头的重量

减轻了人们肩上的责任、爱情和牺牲。

或许人们会在一个明媚的早晨穿过广场，

张开手臂在四面来风中柔情地拥抱。

但当黑夜降临，双手就变得沉重。

唯一的发光体是脑袋里的石头，

唯一刺向脑袋的利剑悄然坠地。

黑暗和寒冷在上升。

广场周围的高层建筑穿上了瓷和玻璃的时装。

一切变得矮小了。石头的世界

在玻璃反射出来的世界中轻轻浮起，

像是涂在孩子们作业本上的

一个随时会被撕下来揉成一团的阴沉念头。

汽车疾驶而过，把流水的速度

倾注到有着钢铁筋骨的庞大混凝土制度中，

赋予寂静以喇叭的形状。

过去年代的广场从汽车的后视镜消失了。

永远消失了——

一个青春期的、初恋的、布满粉刺的广场。

一个从未在账单和死亡通知书上出现的广场。

一个露出胸膛、挽起衣袖、扎紧腰带

一个双手使劲搓洗的带补丁的广场。

一个通过年轻的血液流到身体之外

用舌头去舔、用前额去磕、用旗帜去覆盖

的广场。

空想的、消失的、不复存在的广场，
像下了一夜的大雪在早晨停住。
一种纯洁而神秘的融化
在良心和眼睛里交替闪耀，
一部分成为叫作泪水的东西，
一部分在叫作石头的东西里变得坚硬起来。

石头的世界崩溃了。
一个软组织的世界爬到高处。
整个过程就像泉水从吸管离开矿物，
进入蒸馏过的、密封的、有着精美包装的空间。
我乘坐高速电梯在雨天的伞柄里上升。

回到地面时，我抬头看见雨伞一样撑开的
一座圆形餐厅在城市上空旋转。
这是一项用魔法变出来的帽子，
它的尺寸并不适合
用石头垒起来的巨人的脑袋。

那些曾经托起广场的手臂放了下来。

如今巨人靠一柄短剑来支撑。

它会不会刺破什么呢？比如，曾经有过的

一场在纸上掀起，在墙上张贴的脆弱革命？

从来没有一种力量

能把两个不同的世界长久地粘在一起。

一个反复张贴的脑袋最终将被撕去。

反复粉刷的墙壁，

被露出大腿的混血女郎占据了一半。

另一半是安装假肢、头发再生之类的诱人广告。

一辆婴儿车静静地停在傍晚的广场上，

静静地，和这个快要发疯的世界没有关系。

我猜婴儿车与落日之间的距离

有一百年之遥。

这是近乎无限的尺度，足以测量

穿过广场所经历的一个幽闭时代有多么漫长。

对幽闭的普遍恐惧，

使人们从各自的栖居云集广场，

把一生中的孤独时刻变成热烈的节日。
但在栖居深处，在爱与死的默默注目礼中，
一个空无人迹的影子广场被珍藏着，
像紧闭的忏悔室只属于内心的秘密。

是否穿过广场之前必须穿过内心的黑暗？
现在黑暗中最黑的两个世界合成一体，
坚硬的石头脑袋被劈开，
利剑在黑暗中闪闪发光。

如果我能用劈成两半的神秘黑夜
去解释一个双脚踏在大地上的明媚早晨——
如果我能沿着洒满晨曦的台阶
登上虚无之巅的巨人的肩膀，
不是为了升起，而是为了陨落——
如果黄金镌刻的铭文不是为了被传颂，
而是为了被抹去，被遗忘，被践踏——

正如一个被践踏的广场必将落到践踏者头上，
那些曾在明媚的早晨穿过广场的人
他们的步伐迟早会落到利剑之上，

像必将落下的棺盖落到棺材上那么沉重。
躺在里面的不是我，也不是
行走在剑刃上的人。

我没想到这么多的人会在一个明媚的早晨
穿过广场，避开孤独和永生。
他们是幽闭时代的幸存者。
我没想到他们会在傍晚离去
或倒下。

一个无人倒下的地方不是广场，
一个无人站立的地方也不是。
我曾经是站着的吗？还要站立多久？
毕竟我和那些倒下去的人一样，
从来不是一个永生者。

1990 年 9 月 18 日

墨水瓶

纸脸起伏的遥远冬天，

狂风掀动纸的屋顶，

露出笔尖上吸满墨水的脑袋。

如果钢笔拧紧了笔盖，

就只好用削过的铅笔书写。

一个长腿蚊的冬天以风的姿势快速移动。

我看见落到雪地上的深深黑夜，

以及墨水和橡皮之间的

一张白纸。

已经拧紧的笔盖，谁把它拧开了？

已经用铅笔写过一遍的日子，

谁用吸墨水的笔重新写了一遍？

覆盖，永无休止的覆盖。

我一生中的散步被车站和机场覆盖。

擦肩而过的美丽面孔被几个固定的词

　　覆盖。

大地上真实而遥远的冬天

被人造的 220 伏的冬天覆盖。

绿色的田野被灰蒙蒙的一片屋顶覆盖。

而当我孤独的书房落到纸上，

被墨水一样滴落下来的集体宿舍覆盖，

谁是那倾斜的墨水瓶？

1990 年 12 月 17 日

星期日的钥匙

钥匙在星期日早上的阳光中晃动。
深夜归来的人回不了自己的家。
钥匙进入锁孔的声音，不像敲门声
那么遥远，梦中的地址更为可靠。

当我横穿郊外公路，所有车灯
突然熄灭。在我头上的无限星空里
有人捏住了自行车的刹把。倾斜，
一秒钟的倾斜，我听到钥匙掉在地上。

许多年前的一串钥匙在阳光中晃动。
我拾起了它，但不知它后面的手
隐匿在何处？星期六之前的所有日子
都上了锁，我不知道该打开哪一把。

现在是星期日。所有房间
全部神秘地敞开。我扔掉钥匙。
走进任何一间房屋都用不着敲门。
世界如此拥挤，屋里却空无一人。

1991 年 8 月 23 日

计划经济时代的爱情

时尚最终将垂青于那些
蔑视时尚的人。不是一个而是
一群儿女如云的官员，缓缓步下
大理石台阶，手电的光柱
朝上直立：两腿之间虚妄的
攀登。女秘书顺手拔下
充电器的金属插头，没有
再次插入。

阴阳相间、空心的塑料软管，
裹紧 100 根扭住的
散布在开端的清晰头发丝。电镀银
消退之后，女秘书对官员
的众多下属说：给每秒钟

3000 立方米的水流量

安装 100 个减压开关。

硬的软了下来，老的

更老。顺着黑夜里

一道微弱的光柱往上爬——

硬币、纸币，家庭的流水账目，

一生积蓄像火焰在水底。

一个官员要穿过 100 间卧室，

才能进入妻子的、像蓄水池上升到唇边

那么平静的睡眠。录音电话里

传来女秘书带插孔的声音。

一根管子里的水，

从 100 根管子流了出来。爱情

是公积金的平均分配，是街心花园

耸立的喷泉，是封建时代一座荒废后宫

的秘密开关：保险丝断了。

1992 年 4 月 6 日

晚　餐

香料接触风吹
之后，进入火焰的熟食并没有
进入生铁。锅底沉积多年的白雪
从指尖上升到头颅，晚餐
一直持续到我的垂暮之年。

　　　　　　　　　　　　不会
再有早晨了。在昨夜，在点蜡烛的
街头餐馆，我要了双份的
卷心菜，空心菜，生鱼片和香肠，
摇晃的啤酒泡沫悬挂。
　　清账之后，
一根用手工磨成的象牙牙签
在疏松的齿间，在食物的日蚀深处
慢慢搅动。不会再有早晨了。
晚间新闻在深夜又重播了一遍。

其中有一则讣告：死者是第二次

死去。

短暂地注视，温柔地诉说，

为了那些长久以来一直在倾听

和注视我的人。我已替亡灵付账。

不会再有早晨了，也不会

再有夜晚。

1992 年 6 月 15 日

关于市场经济的虚构笔记

1

从任何变得比它自身更小的窗户
都能看到这个国家，车站后面还是车站。
你的眼睛后面隐藏着一双快速移动的
摄影机的眼睛，喉咙里有一个带旋钮的
通向高压电流的喉咙：录下来的声音，
像剪刀下的卡通动作临时凑在一起，
构成了我们这个时代的视觉特征。
一列蒸汽火车驶离装饰过的现实，一个口号
使庞大的重工业变得轻浮。在口号反面的
广告节目里，政治家走向沿街叫卖的
银行家的封面肖像，手中的望远镜
颠倒过来。他看到的是更为遥远的公众。

2

银行家会不会举手反对省吃俭用的
计划经济的政治美德？花光了挣来的钱，
就花欠下的。如果你把已经花掉的钱
再花一遍，就会变得比存进银行更多，
也更可靠。但是无论你挣多少钱，
数过一遍就变成了假的。一切都在增长
和变化，除了打光子弹的玩具枪，
除了用魔术掏出来的零用钱。
伪装的自传，渗透公众利益的基础，
从个人积蓄去掉时间，去掉先知先觉的
冰冷常识。如果还不是什么都不需要，幸福
就会越来越少。够吃就行了，没有必要丰收。

3

道德和权力的怀乡病在一个句子里
加了括号，不能集中到一个人的嘴上。
你将眼看着身体里长出一个老人，
与感官的玫瑰重合，像什么

就曾经是什么。机器时代的成长
总是在一秒钟的眩晕里嫌一生太漫长。
你知道自己重视的是青春，却选择了一门
到老年才带来荣耀的技艺。要想在年轻时
挥霍老年的巨大财富，必须借助虚无的力量
成为自己身上的死者。大海难以描述的颜色
穿插进来，把你的面孔变成纷乱的小雨，
在加了一道黑边的镜框里突然亮起来。

4

不要那么看重死后的名声，它们
并不真的存在，你能从中腾出手来
去拆一封生前的信。肉体的交谈
没有固定不变的邮政地址，它只对来世
有约束力。只要黑色还在玫瑰中坚持，
爱情就只能通过远处的目光加以注视。
等号后面的目光，它对现存事物的看法
带有回忆录的梦幻性质。要是你转身
转得够快，要是我用第一人称来称呼你：
你可以选择被遗忘还是被记住，下来

还是高踞其上。楼梯已经折叠起来。

你可以取消你的座位，也可以让它停在空中。

5

你试图拯救每天的形象：你的家庭生活

将获得一种走了样的国际风格，一种

肥皂剧的轻松调子。凡是曾经出现的

都没有被预言过。美就是对器皿

的空想，先有了一条像空气那么自由的裙子，

然后有一个适合它的腰。你知道色情

比温情更能给女人带来一种理想的美，

其中悲哀的真实成分比假设的、比你

预先想到的还多。干枯的满天星

落到花瓶里，形成腰部紧束的女人，

精神阴暗的另一面。而你满脑袋都是韵脚，

一屁股的欠债像汽水往外冒泡。

6

你谈到旧日女友时引用了新近写下的

一行赞美诗。在头韵和腰韵之间，你假定
肉体之爱是一个叙述中套叙述的
重复过程。重复：措辞的乌托邦。
由此而来的下一个不在此时
此地，其面相带有小地方长大的人
特有的狡黠，加快了来到大城市的步伐。
上班时你混在人群中去见顶头上司，这表明
日出是一种集体印象，与早期教育
所培养的乡土气融成一片。现在没有人
还会惦记故乡，身在何处有什么关系？
飘忽不定的心情，碰巧你是伤感的。

7

为什么总是那么好，为什么不能
次一些？约会时你到得比上班还晚。
一只脚紧紧踩住加速器，另一只脚
踩在刹车上面。不要向身后回望，
中午的快餐退出视野后会变得广阔起来，
就像暴风雨变成某种性格，在一幅油画中
从推窗可见的田园景色分离出来。

实际上你不可能从旧时代和新生活

去赴同一顿晚餐，幸福

有两种结局，它们都是平庸的。

如果你来晚了就总是来得太晚，

如果来得早了一点，约会就将取消。

8

起初你要什么，主人就在杯子里

给你斟满什么。现在杯子里是什么

你就得喝什么。下一个轮到你去白净的

洗手间，把想要呕吐的全部呕吐出来。

这顿午餐在本质上是黑夜。要是它的真实性

再减少一些，看上去就会像催眠似的

让人着迷。从中裂开的幽暗酒吧，

对于一把餐刀是开心果，但如果使用的

是筷子，仅有的饥饿将倾向于放弃肉体。

食谱里的花朵，是否能够借助光线的变化

显示被风刮过，或是被刀子扎过的

不同黑暗？尽管触及黑暗的花梗已经折断。

9

起伏的蛇腰穿过两端，其长度
可以任意延长，只要事物的短暂性
还在起作用。犯人在被抓住之后
才有面孔，然而本来就不那么肯定的证据
否定不了什么，也不可能被否定。
辩护词是从另一桩案子摘抄下来的，
其要点写进了教科书。从前的进修生
摇身变成法官，他的外省口音
听上去带有大蒜发芽的味道，使两个
彼此接近的事实变得必须单独面对。
法律从嗓子沙哑的遗产纠纷中取消了
抑扬格，把它转变成一道空想的象棋难题。

10

这个国家只有一个窗口出售车票。火车
就要进站了。你想象自己在空中居住，
有一个偶然想到的地址，和一个
天文数字构成的电话号码。当你散步

经过保险公司，终生积蓄像搓过的耳朵
来到烈酒表面，也许它们最终将在羞涩
和屈辱的相互忘却之间冻得通红。硬币
或纸币：你不可能成为甜蜜生活的骨头。
眼睛充满安静的泪水，与怒火保持恰当的
比例。河流总是在远方。大地上的列车
按照正确的时间法则行驶，不带抒情成分。
你知道自己不是新一代人。"忘记我在这里。"

1993 年 2 月

哈姆雷特

在一个角色里待久了会显得孤立。
但这只是鬼魂，面具后面的呼吸，
对于到处传来的掌声他听到得太多，
尽管越来越宁静的天空丝毫不起波浪。

他来到舞台当中，灯光一起亮了。
他内心的黑暗对我们始终是个谜。
衰老的人不在镜中仍然是衰老的，
而在老人中老去的是一个多么美的美少年！

美迫使他为自己的孤立辩护，
尤其是那种受到器官催促的美。
紧接着美受到催促的是篡位者的步伐，
是否一个死人在我们身上践踏他？

关于死亡，人只能试着像在梦里一样生活。

（如果花朵能够试着像雪崩一样开放。）

庞大的宫廷乐队与迷迭香的层层叶子

缠绕在一起，歌剧的嗓子恢复了从前的厌倦。

暴风雨像漏斗和漩涡越来越小，

它的汇合点直达一个帝国的腐朽根基。

正如双子星座的变体登上剑刃高处，

从不吹拂舞台之外那些秋风萧瑟的头颅。

舞台周围的风景带有纯属肉体的虚构性。

旁观者从中获得了无法施展的愤怒，

当一个死人中的年轻人被鞭子反过来抽打，

当他穿过血淋淋的统治变得热泪滚滚。

而我们也将长久地，不能抑制地痛哭。

对于我们身上被突然唤起的死人的力量，

天空下面的草地是多么宁静，

在草地上漫步的人是多么幸福，多么蠢。

1994 年 12 月 8 日

感恩节

1

从火星人的窗口看不出昨夜的雪
是真的在下，还是为蜜月旅行
搭的一片纸风景。这是感恩节，
死者动身去消化不良的火星，
赴生前的火鸡婚礼。相对论的时间
以冰镇和腌制两种速度迎风招展。

上帝是接线员，你可以从本地电话局
给外星人打电话。警车快得像刽子手
快追上子弹时转入一个逆喻，
一切在玩具枪的射程内。车祸被小偷
偷走了轮子，但你可以用麻雀脚

捆住韵脚行走，越过稻草人的投票

直接去见弹弓王。整体不过是
用少数人的零去乘任何多数，包括
鬼魂的多数。手铐将会铐上两次，
一次作为零，一次作为无穷多。
但双手总是能挣脱出来：你给了死者
一个舞台，却让台下的椅子空着。

本地人搬走了那些椅子。足球场
飞向按月付费的天空，没有守门员。
多么奇异的比赛：鸟儿碰到网
改变了飞翔的性质。鱼自动跃出水面
咬住修辞的饵。你是去火星旅行，
中途停下来垂钓。哦变化的风景

从一个女儿身变出了这么多
美人鱼，却从小不穿裙子，
宁可被穿裤子的云远远看作
舞蹈的水，一种踮起足尖的凝视，
高出变对不变的理解。没有人否定

完全地沉浸于感官之美是多么侥幸。

因为美总是带点孩子气。新婚之夜
新郎装扮成老人，真的就老了，
除非新娘从水仙花的摇曳
分离出一个皇后，或一只金丝鸟，
两者都带有手工制作的不真实之美，
却比真的还真，不受炼金术支配。

2

从帝国的时间表看不出小镇落日
是否被睡在闹钟里的加班小姐
拨慢了一小时。火星人的鞋子
商标上写着"中国造"。瞧那杂货老爹
他把玩具枪递给死人伸出的手，
轮到真枪时子弹打光了。剃了阴阳头

你才会去买帽子。这是感恩节，
海上升如苹果树，天空中到处是海水。
你一个猛子扎下去：这口气要憋

就憋个够，但不如换一口气从鸟类
飞入沙丁鱼罐头。你可以在鳕鱼身上
把自我像鱼刺一样吐出。海的肺活量

通过天线网透气。带插孔的处女夜
露出拇指般大小的秃头歌王，
他用力掐住歌剧的脖子。面包屑
撒向饥饿的广场，录音师从长枪
退出短枪：该怎样说服一个刺客
去听格伦·古尔德先生的左倾巴赫

而不是去听右撇子肖邦？如果钢琴家
是国王，他会不会在廉价成衣店推销
他的耳朵，那厌倦的、塞满了象牙
和水泥的耳朵？哦亲爱的，事情可笑
就可笑在连一只餐巾纸做的狗熊
也会哭，也会道晚安和珍重。

二者之一将广为人知：火车
有一个电动玩具的大男孩心脏，
车站却被扔出了太空，像方法论的鞋

至今没有落到皮鞋匠的头上。

重要的不是谁仍然在那里，而是

谁已经不在了。想坐下但没有椅子。

这是感恩节。失踪多年的新郎从火鸡

变出来，但新娘嫁给了鳕鱼。蜡烛

在灯火通明的水底世界用鳃呼吸，

火星人吹灭头脑里的微观事物。

多年来，你独自在地球上旅行。

没有人问：为什么不去火星？

1995 年 2 月 24 日

歌　剧

在天上的歌剧院坐下

与各种叫法的鸟儿坐在一起

耳朵被婴儿脸的春风吹挂在枝头

一百万张椅子从大地抛上星空

一百万人听到了天使的合唱队

而我听到了歌剧本身的死亡

一种多么奇异的寂静无声

歌剧在每个人的身上竖起耳朵

却不去倾听女人的心

对于心碎的女人我不是没有准备

合唱队就在身旁

我却听到远处一支游魂的小号

在不朽者的行列中我已倦于歌唱

难以挥别的美永续不绝

从嗓子里的水晶流出了沥青

我听到星空的耳语

从春天的无词歌冒出头来

百兽之王在掌声中站起

但是远远在倾听的并非都有耳朵

歌剧的耳朵被捂住

捂不住的被扔掉

有人把紧紧捂住的耳朵

遗留在空无一人的歌剧院

椅子从舞台升上天空

有人把耳朵从大地捡了回来

又把春天的狂喜递给下一代

——欢迎来到一百年后的废墟

1995 年 2 月 25 日

我们的睡眠，我们的饥饿

1

飨宴带着风格的垂涎升起。
侍者们在天空中站立了一夜，
没有梯子可以下来。
蜡烛的微弱光亮独自攀登。
那样一种高度显然不适合你，
当你试着从更高的饥饿去看待幸福。
幸福只是低低吹来的晨风，
弯腰才能碰到。

2

阴影比飨宴更低地低下来

等待豹子出现。豹子的饥饿

是一种精神上的处境，

拥有家族编年史的广阔篇幅，

但不保留咀嚼的锯齿形痕迹，

没有消化，没有排泄，

表达了对食物的敬意，

以及对精神洁癖的向往。

3

蝙蝠的出现不需要天空。

蝙蝠紧贴蝙蝠飞来——

这混血的、经过伪装的飞行，

面目是从老鼠变来的，

但是肉体的其他部分

与我们白日所见的鸟类一致。

蝙蝠把阳光涂抹在底片上，加深

我们对睡眠和黑夜的依赖。

4

人在睡眠中发明了一些飞鸟，
一些好听的叫声，洁白的
松弛的羽毛。但它们只是
关于飞行的官方说法。
而蝙蝠没有白天的住处，
它的天空是一个地下天空，
能见度低于一支蜡烛。
吹灭目光，让灰烬安静地升起。

5

睡眠遮蔽睡眠有如蝙蝠收回翅膀。
你在某处待着，起身离去的
是千里之外敲门的豹子，
它的饥饿是一座监狱的饥饿，
自由的门向武器敞开。
蝙蝠的天空在早晨消失了，
给大地留下深深刻画的失眠症，
擦亮了黑暗深处的钥匙。

6

你睡去时听到了神秘的敲门声。

是死者在敲门：他们想干什么呢？

在两种真相之间没有门可以推开。

于是你脱下鞋子与豹子交换足迹，

摘下眼镜给近视的蝙蝠戴，

并且拿出伤感的金钱让死者花。

你醒来时发现身上的锁链

像豹子的优美条纹长进肉里。

7

孑然一身站在大地上的人，

被天空中躺下的人重重压着。

躺下来的身体多少有些相似，

差异性如其他动物的皮毛

在睡眠中闪耀。一条羊毛毯子

从星空滑落下来，覆盖你的蝴蝶梦，

但梦中并没有一张床让你躺下。

你未必希望睡在天上。

8

多年来，你在等一顿天上的晚餐。
那些迟来的人从老式楼梯
走了上来，但没有椅子可以坐下。
对我们是合在一起的食物，
对豹子则是单独的。这是高贵的飨宴：
你点菜的时候用豹子的艰深语言。
如此博学的饥饿：你几乎
感觉不到饥饿，除非给它一点兽性。

9

食物简洁地升起。谁也不知道
你在晚餐中放了多少盐，
这是生活本身的秘密。
为什么人会在夜里感到口渴？
喝光了大地的水，就喝天上的。
下了一夜的雨需要嗓子和眼睛
来保存，需要一个水龙头来拧紧，
温柔地、细而小地流向羞耻心。

10

水聚集在一起泼都泼不掉。

大海溢出但我们的仓库和杯子

依然是空的。瞧这片大海，

它哪里在乎盛水的身子是含金的

还是朽木的。不要指望无边的幸福

能够为你保存小一些的幸福，

像龋齿中的黑色填充物那么小，

碰到了年深日久的痛楚。

11

牙痛的豹子：随它怎样去捕食吧，

它那辽阔的胃如掌声传开。

但这一切纯属我们头脑里的产物，

采取暴力的高级形式朝心灵移动，

仿佛饥饿是一门古老的技艺，

它的容貌是不起变化的

时间的容貌：食物是它的镜子。

而我们则依赖我们的衰老活到今天。

12

蝙蝠的夜晚是被颠倒的白昼。

在那样一种黑暗中看得很远，

回到光芒就会悲哀地瞎掉。

光芒在蝙蝠身上已经瞎了，

它睁开人类的眼睛

看待自己，视力隐入另一类自然。

作为一只鸟儿的老鼠在飞翔，

老鼠天性中的鸟儿却失去了天空。

13

如果去赴晚餐，一定是在天上。

双手按下电钮让餐桌静静地升起，

但我们的饥饿真有那么高吗？

当豹子像烈酒一样忍受着丰收

和分配，当蝙蝠在墙上变成白色。

昨夜的雨是你多年前晒过的阳光。

太阳的初次销魂是一支蜡烛，

照耀没人在的卧室和厨房。

1995 年 3 月 7 日

谁去谁留

黄昏，那小男孩躲在一株植物里

偷听昆虫的内脏。他实际听到的

是昆虫以外的世界：比如，机器的内脏。

落日在男孩脚下滚动有如卡车轮子，

男孩的父亲是卡车司机，

卡车卸空了

        停在旷野上。

父亲走到车外，被落日的一声不吭的美惊呆了。

他挂掉响个不停的行动电话，

对男孩说：天边滚动的万事万物都有嘴唇，

但它们只对物自身说话，

只在这些话上建立耳朵和词。

    男孩为否定物的耳朵而偷听了内心的耳朵。

他实际上不在听，

却意外听到了一种完全不同的听法——

那男孩发明了自己身上的聋，

他成了飞翔的、幻想的聋子。

会不会在凡人的落日后面

另有一个众声喧哗的神迹世界？

会不会另有一个人在听，另有一个落日

在沉落？

               哦踉跄的天空

大地因没人接听的电话而异常安静。

机器和昆虫彼此没听见心跳，

植物也已连根拔起。

那小男孩的聋变成了梦境，秩序，乡音。

卡车开不动了

                    父亲在埋头修理。

而母亲怀抱落日睡了一会，只是一会，

不知天之将黑，不知老之将至。

                          1997 年 4 月 12 日

毕加索画牛

接下来的两个星期毕加索在画牛。

那牛身上似乎有一种越画得多

也就越少的古怪现象。

"少，"批评家问，"能变成多吗？"

"一点不错。"毕加索回答。

批评家等着看画家的多。

但那牛每天看上去都更加稀少。

先是蹄子不见了，跟着牛角没了，

然后牛皮像视网膜一样脱落，

露出空白之间的一些接榫。

"少，要少到什么地步才会多起来？"

"那要看你给多起什么名字。"

批评家感到迷惑。

"是不是你在牛身上拷打一种品质，

让地中海的风把肉体刮得零零落落?"
"不单是风在刮,瞧对面街角
那间肉铺子,花枝招展的女士们,
每天都从那儿割走几磅牛肉。"

"从牛身上,还是从你的画布上割?"
"那得看你用什么刀子。"
"是否美学和生活的伦理学在较量?"
"挨了那么多刀,哪来的力气?"
"有什么东西被剩下了?"
"不,精神从不剩下。赞美浪费吧。"

"你的牛对世界是一道减法吗?"
"为什么不是加法?我想那肉店老板
正在演算金钱。"第二天老板的妻子
带着毕生积蓄来买毕加索画的牛。
但她看到的只是几根简单的线条。
"牛在哪儿呢?"她感到受了冒犯。

1998 年 9 月 17 日

第二辑（2005—2017）

一分钟， 天人老矣

一分钟后，自行车老了。

你以为穿裤子的云骑车比步行快些吗？

你以为穿裙子的雨是一个中学教员吗？

一分钟，能念完小学就够了。

一分钟北大，念了两分钟小学。

一分钟英文课，讲了两分钟汉语。

一分钟当代史，两分钟在古代。

半封建的一分钟。半殖民的一分钟。孔仲尼

或社会主义的一分钟。

一分钟，够你念完博士吗？

一小时，一学期，一年或一百年

　　都在这一分钟里。

即使是劳力士金表也不能使这一分钟片刻停顿。

春的一分钟，上了发条就是秋天了。

要是思春的国学教授不戴瑞士表

戴国产表会不会神游太虚？

　　一分钟后，的士老了。

公交车的一分钟，半分钟堵了一千年。

北京市的一分钟，半分钟在昌平县。

美国梦的一分钟，半分钟是中国造。

全球通的一分钟，半分钟就挂断了。

这喂的一分钟，HELLO 的一分钟。

　　　　　　　　　　　　宇宙

在注册过的苹果里变小了，变甜了。

咬了一口的苹果，符合

本地人对全球化的看法。就这一点点甜，

苹果西红柿在里面，印度咖喱，意大利奶酪

全在里面了。

　　贝克汉姆也在里面。

一分钟辣妹，甜了半分钟。

一分钟快感，慢了半分钟。

一分钟 OK，卡拉了半分钟。

一分钟，歌都老了，不唱也罢。

但是从没唱过的歌怎么也老了？

叫我拿那些来不及卡拉

就已经 OK 的异乡人怎么办呢？

过了一分钟，火车老了。

　　又过了一分钟，航空班机也老了。

你以为一分钟的烤鸡翅

能使啃过的事物全都飞起吗？

一分钟，用来爱一个女人不够，

爱两个或更多的女人却足够了。

一分钟落日，多出一分钟晨曦。

一分钟今生，欠下一分钟来世。

一分钟，天人老矣。

2005 年 1 月 7 日

母亲，厨房

在万古与一瞬之间，出现了开合与渺茫。

在开合之际，出现了一道门缝。

门后面，被推开的是海阔天空。

没有手，只有推的动作。

被推开的是大地的一个厨房。

菜刀起落处，云卷云舒。

光速般合拢的生死

被切成星球的两半，慢的两半。

萝卜也切成了两半。

在厨房，母亲切了悠悠一生，

一盘凉拌三丝，切得千山万水，

一条鱼，切成逃离刀刃的样子，

端上餐桌还不肯离开池塘。

暑天的豆腐，被切出了雪意。
土豆听见了洋葱的刀法
和对位法，一种如花吐瓣的剥落，
一种时间内部的物我两空。
去留之间，刀起刀落。

但母亲手上并没有拿刀。

天使们递到母亲手上的
不是刀，是几片落叶。
医生拿着听诊器在听秋风。
深海里的秋刀鱼
越过刀锋，朝星空游去。
如今晚餐在天上，
整个菜市场被塞进冰箱，
而母亲，已无力打开冷时间。

                                  2009 年 11 月 10 日

万古销愁

那把狷狂放到隐忍和克服里去的是什么？

那洞悉真理却躲在伪善后面的，是什么？

那见悬崖就纵身一跳，见眼睛就闭上的，是什么？

那因流逝而成为水的，那总是在别处，咫尺之近

    但千里远的，究竟是什么？

与你相遇的不是我，也不是非我。

对一秒钟的万古说去吧，离我而去吧。

对最后一丝愤怒说平静下来吧。

对机器哈姆雷特说活过来，和人互换生死吧。

对一夫一妻制说请用阴唇歌唱嘴唇。

对独裁者说奴役我吧但请先学会拉巴赫，

    用大提琴拉。

对中产阶级说听巴洛克还是爵士乐悉听尊便。

对资产阶级说请闭上眼睛听钢琴。

对自由说亲爱的我拿你往哪儿搁呢？

对牙科医生说痛的不是牙齿，是心。

对杀人犯说杀了我吧，连同反我，连同我身上的死人
　　和上帝一起杀。

见刀子就戳，见梦就做，见钱就花。

花红也好，花白也好，都是花旗银行的颜色。

见花你就开吧。花非花也开。

而花心深处，但见花脸，花腔，不见一缕花魂。

见杯子就两两相碰吧。空对空也碰。

一碰就碎

你也碰。

酒不必酿造。粮食不必丰收。文章不必写。

　　官呢，官也不必做吗？

见女儿你就生吧。用水，用古玉和子宫生。

一个子宫不够，就用五个子宫生。

母亲不够生，就用奶奶外婆生。

女人不够生，就让男人一起生。

想叫你就叫出来吧，人的肺腑叫没了，就把狼群掏出
　　来叫。

痛不够叫，就用止痛片叫。

扔掉助产士，扔掉产房，要生就生在旷野上。

但那用房子造出来，而不是子宫生的，是谁的婴儿？

谁把她建造得像摩天大楼？

是用一万年乘一次电梯，还是让十分钟的雪下一
　　万年？

下雪时，你不在雪中，但雪意会神秘地抵达，像黑暗
　　一样。

把手伸进阳光，你会触碰到这黑暗，这雪，

这太息般的寒冷啊。

十分钟的古往今来。

　　这样的万古销愁，是你要的吗？

2010 年 1 月 27 日

凤　凰

1

给从未起飞的飞翔

搭一片天外天，

在天地之间，搭一个工作的脚手架。

神的工作与人类相同，

都是在荒凉的地方种一些树，

炎热时，走到浓荫树下。

树上的果实喝过奶，但它们

更想喝冰镇的可乐，

因为易拉罐的甜是一个观念化。

鸟儿衔萤火虫飞入果实，

水的灯笼，在夕照中悬挂。

但众树消失了：水泥的世界，拔地而起。

人不会飞，却把房子盖到天空中，

给鸟的生态添一堆砖瓦。

然后，从思想的原材料

取出字和肉身，

百炼之后，钢铁变得袅娜。

黄金和废弃物一起飞翔。

鸟儿以工业的体量感

跨国越界，立人心为司法。

人写下自己：凤为撇，凰为捺。

2

人类并非鸟类，但怎能制止

高高飞起的激动？想飞，就用蜡

封住听觉，用水泥涂抹视觉，

用钢钎往心的疼痛上扎。

耳朵聋掉，眼睛瞎掉，心跳停止。

劳动被词的膂力举起，又放下。

一种叫作凤凰的现实，

飞，或不飞，两者都是手工的，

它的真身越是真的，越像一个造假。

凤凰飞起来，茫然不知，此身何身，

这人鸟同体，这天外客，这平仄的装甲。

这颗飞翔的寸心啊，

被牺牲献出，被麦粒撒下，

被纪念碑的尺度所放大。

然而，生活保持原大。

为词造一座银行吧，

并且，批准事物的梦幻性透支，

直到飞翔本身

成为天空的抵押。

3

身轻如雪的心之重负啊，

将大面积的资本化解于无形。

时间的白色，片片飞起，

并且，在金钱中慢慢积蓄自己，

慢慢花光自己。而急迫的年轻人

慢慢从叛逆者变成顺民。

慢慢地，把穷途像梯子一样竖起，

慢慢地，登上老年人的日落和天听。

中间途经大片大片的拆迁，

夜空般的工地上，闪烁着一些眼睛。

4

那些夜里归来的民工，

倒在单据和车票上，沉沉睡去。

造房者和居住者，彼此没有看见。

地产商站在星空深处，把星星

像烟头一样掐灭。他们用吸星大法

把地火点燃的烟花盛世

吸进肺腑，然后，优雅地吐出印花税。

金融的面孔像雪一样落下，

雪踩上去就像人脸在阳光中

渐渐融化，渐渐形成鸟迹。

建筑师以鸟爪蹑足而行，

因为偷楼的小偷

留下基建，却偷走了它的设计。

资本的天体，器皿般易碎，

有人却为易碎性造了一个工程，

给它砌青砖，浇铸混凝土，

夯实内部的层叠，嵌入钢筋，
支起一个雪崩般的镂空。

5

得给消费时代的 CBD 景观
搭建一个古瓮般的思想废墟，
因为神迹近在身边，但又遥不可及。
得给人与神的相遇，搭建一个
人之境，得把人的目力所及
放到凤凰的眼瞳里去，
因为整个天空都是泪水。
得给"我是谁"
搭建一个问询处，因为大我
已经被小我丢失了。
得给天问，搭建鹰的独语，
得将意义的血肉之躯
搭建在大理石的永恒之上，
因为心之脆弱有如纹瓷，
而心动，不为物象所动。

6

人类从凤凰身上看见的

是人自己的形象。

收藏家买鸟，因为自己成不了鸟儿。

艺术家造鸟，因为鸟即非鸟。

鸟群从字典缓缓飞起，从甲骨文

飞入印刷体，飞出了生物学的领域。

艺术史被基金会和博物馆

盖成几处景点，星散在版图上。

几个书呆子，翻遍古籍

寻找千年前的错字。

几个临时工，因为童年的恐高症

把管道一直铺设到银河系。

几个乡下人，想飞，但没机票，

他们像登机一样登上百鸟之王，

给新月镀烙，给晚霞上釉。

几个城管，目送他们一步登天，

把造假的暂住证扔出天外。

证件照：一个集体面孔。

签名：一个无人称。

法律能鉴别凤凰的笔迹吗？

为什么凤凰如此优美地重生，

以回文体，拖曳一部流水韵？

转世之善，像衬衣一样可以水洗，

它穿在身上就像沥青做的外套，

而原罪则是隐身的

或变身的：变整体为部分，

变贫穷为暴富。词，被迫成为物。

词根被银根攥紧，又禅宗般松开。

落槌的一瞬，交易获得了灵魂之轻，

用一个来世的电话取消了现世报。

7

人是时间的秘书，搭乘超音速

起落于电话线两端：打电话给自己

然后到另一端接听。但鸟儿

没有固定电话。而人也在

与神相遇的路上，忘记了从前的号码。

鸟儿飞经的所有时间

如卷轴般展开，又被卷起。

三两支中南海，从前海抽到后海，

把摩天楼抽得只剩抽水马桶，

把鹤寿抽成了长腿蚊。

一点余烬，竟能抽出玉生烟，

并从水泥的海拔，抽出一个珠峰。

8

升降梯，从腰部以下的现实

往头脑里升，一直上升到积雪和内心

之峰顶，工作室与海

彼此交换了面积和插孔。

一些我们称之为风花雪月的东西

开始漏水，漏电，

人头税也一点点往下漏，

漏出些手脚，又漏出鱼尾

和屋漏痕，它们在鸟眼睛里，一点点

聚集起来，形成山河，鸟瞰。

如果你从柏拉图头脑里的洞穴

看到地中海正在被漏掉，

请将孔夫子塞进去，试试看

能堵住些什么。天空，锈迹斑斑：
这偷工减料的工地。有人
在太平洋深处安装了一个地漏。

9

铁了心的飞翔，有什么会变轻吗？
如果这样的鸟儿都不能够飞，
还要天空做什么？
除非心碎与玉碎一起飞翔，
除非飞翔不需要肉身，
除非不飞就会死：否则，别碰飞翔。
人啊，你有把天空倒扣过来的气度吗？
那种把寸心放在天文的测度里去飞
或不飞的广阔性，
使地球变小了，使时间变年轻了。
有人将飞翔的胎儿
放在哲学家的头脑里，
仿佛哲学是一个女人。
有人将万古交给人之初保存。
有人在地书中，打开一本天书。

古人将凤凰台造在金陵，也造在潮州，

人和鸟，两处栖居，但两处皆是空的。

庄子的大鸟，自南海飞往北海，

非竹不食，非泉不饮，非梧桐不栖，

不知腐鼠和小官僚的滋味。

李贺的凤凰，踏声律而来，

那奇异的叫声，叫碎了昆仑玉，

二十三根琴弦，弹得紫皇动容，

弹断了多少人的流水和心肠。

那时贾生年少，在封建中垂泪，

他解开凤凰身上的扣子，

脱下山鸡的锦缎，取出几串孔雀钱，

五色成文章，百鸟寄身于一鸟。

晚唐的一半就这样分身给六朝的一半，

秋风吹去尘土，把海吹得直立起来，

黄河之水，被吹作一个立柱。

而山河，碎成鸟影，又聚合在一起。

以李白的方式谈论凤凰过于雄辩，

不如以韩愈的方式去静听：

他从颍师的古琴，听到了孤凤凰。

不闻凤凰鸣，谁说人有耳朵？

不与凤凰交谈，安知生之荣辱？

但何人，堪与凤凰谈今论古？

11

郭沫若把凤凰看作火的邀请。

大清的绝症，从鸦片递给火，

从词递给枪：在武昌，凤凰被扣响。

这一身烈火的不死鸟，

给词章之美穿上军装，

以迷彩之美，步入天空。

风像一个演说家，揪住落叶的耳朵，

一头撞在子弹的繁星上。

一代凤凰党人，撕开武器的胸脯，

用武器的批判撕碎一纸地契。

灰烬般的火凤凰，冒着乌鸦的雪，深深落下。

如果雪不是落在土地的契约上，

就不能落在耕者的土地上，

不能签下种子的名字。

如果词的雪不是众声喧哗，

而是嘘的一声，心，这面死者的镜子，

将被自己摔碎。而在准星上，猎手

将变得和猎物越来越像。

12

政治局被一枚硬币抛向天空，

至今没有落地：他们

会一直待在云深处吗？

列宁和托派，谁见到过凤凰？

革命和资本，哪一个有更多乡愁？

用时间所屈服的尺度

去丈量东方革命，必须跳出时间。

哦，孤独的长跑者

像一个截肢人坐在轮椅上，

感觉深渊般的幻肢之痛

有如一只黑豹，仍然在断腿上狂奔。

蹉跎的时空之旅，结束在开端。

有人在二十一世纪，读春秋来信。

有人在北京，读巴黎手稿。

更多的人坐在星空

读资本论。

"读，就是和写一起消失。"

13

孩子们在广东话里讲英文。

老师用下载的语音纠正他们。

黑板上，英文被写成汉字的样子。

家长们待在火柴盒里，

收看每天五分钟的国际新闻，

提醒自己——

如果北京不是整个世界，

凤凰也不是所有的鸟儿。

十年前，凤凰不过是一台电视。

四十年前，它只是两个轮子。

工人们在鸟儿身上安装了刹车

和踏瓣，宇宙观形成同心圆，

这 26 英寸的圆：计划经济的圆。

穿裤子的云，骑凤凰女车上班，

云的外宾说：它真快，比飞机还快。

但一辆自行车能让时间骑多远，
能把凤凰骑到天上去吗？

14

然后轮到了徐冰。瞧，他从鸟肺
掏出一些零配件的龙虾，
一些次第的芯片，索隐，火力。
（即使拆除了战争，也要把凤凰
组装得像一支军队。）
他从内省掏出十来个外省
和外国，然后，掏出一个外星空。
空，本就是空的，被他掏空了，
反而凭空掏出些真东西。
比如，掏出生活的水电，
但又在美学这一边，把插头拔掉。
掏出一个小本，把史诗的大部头
写成笔记体：词的仓库，搬运一空。
他组装了王和王后，却拆除了统治。
组装了永生，却把它给了亡灵。
组装了当代，却让人身处古代。

这白夜的菊花灯笼啊。这万古愁。

这伤痕累累的手艺和注目礼。

凤凰彻悟飞的真谛，却不飞了。

15

李兆基之后，轮到了林百里。

鹤，无比优雅地看着你，

鹤身上的落花流水

让铁的事实柔软下来。

凤凰向你走来，浑身都是施工。

那么，你会为事物的多重性买单，

并在金钱的匿名性上签名吗？

无法成交的，只剩下不朽。

因为没人知道不朽的债权人是谁。

与不朽者论价，会失去时间，

而时间本身又过于耽溺。

慢，被拧紧之后，比自身快了一分钟。

对表的正确方式是反时间。

一分钟的凤凰，有两分钟是恐龙，

它们不能折旧，也不能抵税。

时间和金钱相互磨损，

那转身即逝的，成为一个塑造。

16

然后，轮到了观者：众人与个别人。

登顶众口之言无足轻重，

一人独语，又有些孤傲。

人，飞或不飞都不是凤凰，

而凤凰，飞在它自己的不飞中。

这奥义的大鸟，这些云计算，

仅凭空想，不可能挪移乾坤。

飞向众生，意味着守身如一。

因此，它从先锋飞入史前物种，

从无边的现实飞入有限，

把北京城飞得比望京还小，

一个国家，像一片树叶那么小。

陆宽和黄行，从鸟胎取出鸟群，

却不让别的人飞，他们自己要飞。

17

然后，轮到人类以鸟类的目光

去俯瞰大地的不动产：

那些房子，街道，码头，

球场和花园，生了根的事物。

一切都在移动，而飞鸟本身不动。

每样不飞的事物都借凤凰在飞。

人，不是成了鸟儿才飞，

而是飞起来之后，才变身为鸟。

不是飞鸟在飞，是词在飞。

所谓飞翔就是把人间的事物

提升到天上，弄成云的样子。

飞，是观念的重影，是一个形象。

不是人与鸟的区别，而是人与人的区别

构成了这形象：于是，凤凰重生。

鸟类经历了人的变容，

变回它自己：这就是凤凰。

它分身出一个动物世界，

但为感官之痛，保留了人之初。

痛的尖锐

触目地戳在大地上，

像一个倒立的方尖碑。

18

为最初一瞥，有人退到怀古之思的远处。

但在更远处，有人投下抽丝般的

逝者的目光。神的鸟儿，

飞走一只，就少一只。

但凤凰既非第一只这么飞的鸟，

也非最后一只：几千年前，

它是一个新闻，被尔雅描述过。

百代之后，它仍然会是新闻，

因为每个时代的新闻，都只报道古代。

那么，请将电视和广播的声音

调到鸟语的音量：听一听树的语言，

并且，从蚜虫吃树叶的声音

取出听力。请把地球上的灯一起关掉，

从黑夜取出白夜，取出

一个火树银花的星系。

在黑暗中，越是黑到深处，越不够黑。

19

凤凰把自己吊起来，

去留悬而未决，像一个天问。

人，太极般点几个穴位，把指力

点到深处，形成地理和剑气。

大地的心电图，安顿下来。

天空宁静得只剩深蓝和深呼吸，

像植入晶片的棋局，下得斗转星移，

却不见对弈者：闲散的着法如飞鸟，

落子于时间和棋盘之外。

不飞的，也和飞一起消失了。

神抓起鸟群和一把星星，扔得生死茫茫。

一堆废弃物，竟如此活色生香。

破坏与建设，焊接在一起，

工地绽出喷泉般的天象——

水滴，焰火，上百万颗钻石，

以及成千吨的自由落体，

以及垃圾的天女散花，

将落未落时，突然被什么给镇住了，

在天空中

凝结成一个全体。

同天　　　2012 年 3 月 3 日

黄山谷的豹

谢公文章如虎豹，

至今斑斑在儿孙。

——黄庭坚

1

脚步在 2011 年的北中国移动，

鞋子却遗留在宋朝。

赤脚穿上云游的鞋，

弯下腰，系紧流水的鞋带。

先生说：鞋带系成流水的样子

　　是错的。

应该系成梅花，或几片雪花。

2

一只豹，从山谷先生的诗章跃出。
起初豹只是一个乌有，借身为词，
想要获取生命迹象，
获取心跳和签名。

3

先生说：不要试图寻找豹。
豹会找你的。
即使你打来电话它也不接，
也没人打电话给一只豹。

4

有人脱下皮鞋，换上耐克鞋。
先生说：别以为穿上跑鞋，
会跑得比豹子快。

5

梦中人丢魂而逃。
我分身给影子，以为剩下的半我
跑起来会轻快些，
抖落一些物的浮华
　　　和心的负重。
但影子深处又涌出第二个，第三个……
成千的影子。
它们索要词的真身。

6

有人一起跑就行，快慢都行，
而我刚好是慢的那个。
在网上商店，我问售货员：
有没有比豹快的鞋子？

7

人在这个世界上奔跑真是悲哀。

往哪儿跑，哪儿都塞车。

即使在外星空跑

也能闻到警车和加油站的气味。

交警给词的加速度开罚单，

而豹，拒绝在罚单上签名。

在证件照上，豹看不见自己。

8

路漫漫兮。

给我一百个肺我也跑不动了。

豹，把人类的肺活量跑光了。

时间被它跑得又老又累，

电和石油，被它跑漏了。

词，即使安上车轮也跑不过豹。

9

时间的形象

在豹身上如石碑静止不动。

众鼠挣脱碑文，卷土而去，

带着连根拔的小农经济，

和秋风里的介词胡须。

10

猫鼠一体，握住小官吏的

　　　刀笔。

如此多的腐鼠和硕鼠

抱成陶瓷的一团，

以一碗水，偷一片天空，

偷吃清汤挂面的水中月。

但碗里的水没有保持海平面，

天空泼溅出来，

　　　摔碎在地上。

镜子的声音，听不见世外。

11

老鼠以为豹在咬文嚼字。

但借雪一听，并无消融的声音。

因为豹在听力深处

埋有更深邃的盲人耳朵。

草书般的豹纹，像幽灵掠过条形码，

布下语文课的秋水平沙。

12

几个小学生用鼠标语言，

坐在云计算深处

　　　与山谷先生对谈。

先生逢人就问：有写剩的宿墨吗？

仿佛古汉语的手感和磨损

可以从一纸鱼书寄过来，

从少年人的迫切脚步

快递给高处的一个趔趄。

先生的手，叠起一份晚报。

13

器物的折旧，先于新闻的折旧。

豹，嗅了嗅白话文的滋味，

以迷魂剑法走上招魂之途，

醉心于万物的蝴蝶夜。
毫不理会
众鼠的时尚。

14

豹，步态如雪，
它的每一寸移动都在融化，
但一小片结晶就足以容身。
一身轻功，托起泰山压顶。

15

豹，不知此身何身。
要么从电的插头
拔出一个沧海横流，
肉身泥沙俱下。
要么为眼泪造一个水电站，
一脸大海，掉头而去。

16

有人转身，看见了浩渺。
泪滴随月亮的圆缺
变大或变小。

17

有人一生都在追逐什么。
有人，追逐什么，就变成什么。
而我的一生被豹追逐。
我身体里的惊恐小鹿
在变作鸟类高高飞起之前，
在嵌入订婚戒指之前，
在变作纸币或选票被点数之前，
　　会变身一只豹吗？

18

我能把文章写得像豹吗？
写，能像豹那么高贵，迅捷，

和黑暗吗？

19

它就要追上我了，这只
古人的豹，词的豹，反词的豹。
它没有时间，所以将时间反过来跑。
它没有面孔，所以认不出是谁。
它没有网址，所以联系不上它。

20

波浪跑起来不需要鞋子。
豹身上的滚滚尘土卷起刀刃，
云剐去手足，用头颅奔跑。
一只无头豹在大地上狂奔。

21

一只豹，这样没命地跑，为跑而跑，
是会把时间跑光的。它能跑到时间之外，

把群山起伏的白雪跑成银子吗?

银行终究会被它跑垮，文章也将失明。

已经瞎了它还在跑。

声音跑断了，骨头跑断了，它还在跑。

22

除非山谷先生从豹子现身，

让豹看见它自己的本相溢出，

却看不见水和杯子。

除非我终生停笔，倒掉墨水，

关闭头脑里的图书馆，

不读，不写，不思想。

否则豹会一直在跑。

23

一只豹，要是给它迷醉，给它饥饿，

让它狂奔起来，

会是多么美，多么简朴，多有力量

    的一个空无。

那种原始品质的，总括大地的空无。

24

这个空无，它就要获得实存。

词的豹子，吃了我，就有了肉身。

它身上的条纹是古训的提炼，

足迹因鸟迹而成篆籀，

嘴里的莲花，吐出云泥和天象。

25

豹的猎食总是扑空。

要有多少个扑空被倒扣过来，

才能折变出

尘归土的一个总的倒转，

以及，词的遗传，词的丢魂，

　　　词的败退和昏厥？

26

人的鞋，对豹子太小了。
那样一种削足适履的形象
不适合黄山谷的豹。
带爪子的心智伸了出来，伸向无限，
又硬塞进诗歌的头脑
　　和词汇表。
野兽的目光，借人的目光，回头一瞥。

27

人走不到的秘密之地，
变身豹子也得走。
那么，以豹的足力，
将人的定义走完，
走到野兽的一边去。

28

撕裂我吧，洒落我吧，吞噬我吧，豹。

请享用我这具血肉之躯。

要是你没有扑住我，

山谷先生会有些失望——

2012 年 4 月 26 日

老虎作为成人礼

1

老虎扑上来的刹那，
猎手出于本能，开了一枪。
老虎应声倒地。

猎手扣响的是一枪空枪。
枪里的子弹，猎兔时打光了。
一个空无，扣不扣都不在枪上。

但……老虎真的死了。

世界的推理突然变得高深，
子弹和词，水天一色。

2

也许另有一个浮生相隔的枪手，
与本地枪手构成对称性。
准星，从两个时空对准同一只老虎。
老虎挨了一枪。即使是词的一枪，
命中了也会流血。

大地上最后一个幽灵猎手，
宁可饿死，也不射出最后的子弹。
那么多美味的兔往枪口上撞，
但最后一粒子弹属于尊贵的虎。

猎手朝幻象老虎开了一枪，
倒下的却是老虎的实体。
词是个瞎子，唯肉体目光深澈，
能看见子弹的心碎。

枪，为枪手预留了古代，
并将老虎的滚滚热泪冷冻起来。

3

在玩具枪造得像真枪的和平年代，
城里的中产男孩聚在一起，
玩枪击老虎的游戏。
乡下孩子没枪，只好把子弹壳
往布老虎的肚子里塞。

这一切只是闪客般的恍惚一瞥。
多年后，孩子们以闪存耳朵
去听千里外的人体炸弹。
帝国主义这只纸老虎，
有时会像真老虎一样磨牙。

白雪皑皑的老虎基金呵。

从本地提款机到原始森林，
从老虎的千金散尽到虎骨入药，
从枪械管理法到禁枪令，
即使是真枪实弹，也射程有限。
何况子弹被压进了历史课。

4

跑步机老虎跑不过体育老师。
大男孩与哑铃老虎比肌肉。
小男孩，用买跑鞋的钱去买枪，
悄悄递给一袭风衣的劫匪。
警匪之间，孩子们更喜欢劫匪，
因为他骑马骑得四蹄生风。

坏教育比没有教育更像一部烂片。
男孩把枪战片看了无数遍，
警匪两个人都被看老了，
子弹还是没有打光。
劫匪能逃出电影，但逃不掉生活。

因为逃亡者身上带一股虎味。
刑侦给狗鼻子穿上制服，
不舍昼夜，嗅遍寸土。

男孩学不会虎啸，只好学狗叫。

5

男孩拾起一条生锈的老人河。
生命的流水账目，如条形码缠身。
虎纹的锁链长进肉里。

父亲站在天空深处，
对男孩说：可以逃课，但别逃天文课。
这样你才能在星空中看到自己。

6

一只吉他老虎可以边走边弹，
管风琴的老虎，还得坐下来听。
为这只旧约老虎盖一座教堂吧。

但随身听的老虎更喜欢爵士乐。
一只新约老虎见到佛陀后，
十分钟，年华老去。

晚自习的老虎在学古汉语，

以便和庄周对话。

成人在老虎身上签下各自的签名——
统治的，象征的，生态的。
男孩的签名是：武松。

7

五号电池的老虎跑断了腿。
它想用交流电的腿穿越物质，
又担心保险丝会断魂。

男孩看见老虎跑进太阳能。
漏电的老虎只剩猫那么大，
跑不过林中兔。

男孩给森林的尾巴戴上一副太阳镜。
据说森林的头颅是个哲学家，
却没人知道它是虎头，还是兔子脑袋。

哦男孩秘密的成人礼。

他能否在尾巴上跑得比脑袋快，

这得拿老虎的断腿，自己去跑跑看。

8

老虎进不了洞也得是高尔夫。

男孩却在该挥杆时转身去扣篮。

老虎并非乐观的青蛙王子。

但再悲观厌世的老虎

也不会每天吞下一只癞蛤蟆。

男孩用一千棵树种下一只老虎，

却不给它浇水，而给它喝葡萄酒。

一只高脚杯的老虎

对小女孩始终是个谜。

9

男孩身边有一大堆姨妈

却一个姨父也没有。

也许男孩在成人之前

该去真老虎身边，偷偷待上几日。

而不是在体育课上比画猴拳，

在生物课上空想着恐龙。

不过别指望老虎的王国会有电玩。

10

自然醒的老虎深睡千年。

而闹钟里的老虎，没闹醒自己

却吵醒了身边的猎手。

男孩与猎手在猎户座对表。

老虎从钟表取出枪的心脏，

把它放进词里去跳动。

老虎，将慢慢养得邀宠，

正如苹果在树上一定会成熟。

与其拿手中这杯果汁老虎

次第推杯，看着它变甜，
不如趁它扑上来吃人时
给它一枪。词，会把它写活过来。

孩子，不必理会禁枪令。
也不必带枪，而是带上仪式般的恐惧，
带上人类情感的急迫性，
去尽可能近地靠近老虎。

但又保持咫尺天涯的那份邈远，
保持江山野兽的宇宙格局。

且存留一点点野性的激情，
既得体，又奔放。

2012 年 5 月 25 日

苏堤春晓

晒够了太阳，天开始下雨。
第一场雨把天上的水下进西湖。

第一个破晓把春天搂在怀里。
词的花团锦簇在枝头晃动。

词的内心露出婴儿的物象，
人面桃花，被塞到苏东坡梦里。

仅仅为了梦见苏东坡，
你就按下这斗转星移的按钮吧。

但从星空回望，西湖只是
风景易容术的一部分。

西湖，这块水的屏幕
就像电视停播一样静止和空有。

有人在切换今生和来世，
有人把西湖水装进塑料瓶。

切换和去留之间，
是谁的镜像在投射？

世代积累的幽灵目光呵，
看见了存在本身的茫无所见。

词，转世去了古人的当代，
咯噔一声，安静下来。

要是人群中这道幽灵目光不是你，
苏东坡还会是一个暗喻吗？

你愿意对任何人谈起苏东坡，
甚至对没有嘴唇的树木和青草。

捉几只萤火虫放到西湖水底，
看苏东坡手上的暗喻能有多亮。

提着这只暗喻的灯笼
移步苏堤，你能走到北宋去吗？

两公里的苏堤，通向时间深处。
这词的工程：石头是从月亮搬来的。

苏东坡容许苏堤不在天上，
正如词容许物的世界幸存。

西湖被古琴之水弹断之后，
少年人，你又用何处的水弹奏？

本不是衣裳的水穿在身上，
苏小小，世界欠你一个苏东坡。

肉身中燃尽的锦绣山河，
一顿一挫，尽是烈焰的水呵。

百万只眼睛所保存的西湖水，
你把它装进一只眼睛。

因为这是苏东坡的西湖，
谁流它，它就是谁的眼泪。

而踏上苏堤之前，
你先得远走他乡，云游四海。

西湖是眼睛所盛满的最小的海。
苏堤是离天国最近的人间路。

要是你把苏堤直立起来，
或许死后能步入这片宁静的天空。

2012 年 9 月 30 日

念及肥肉

这一身好肉，凭什么如此盈余，
凭什么把增值税算在社会学头上。
中产阶级的垂涎，没几片肥肉。
你就挑肥拣瘦，
与大锅饭的红肥绿瘦两讫吧。

你就容忍这苍蝇嗡嗡的浮世，
弯下减肥药的腰，
用阳光，给生活涂一层瘦肉精。
新闻饿了，却一直在空谈。
更大的空，在更多的盈余里。

舌尖的雪泥鸿爪
留在央视的流水席上。
春天的野兽，等待更华丽的饥饿，
一直等到深秋，才有了禅意。

老人身上的红肥竟如此绿瘦。
中年的愤怒安静下来，
回到空腹，回到未发育的童年。
盘子里的几片肥肉还是热的，
筷子一夹，顿成白雪。

雪地上留有黑客的足迹。
红尘滚滚的西门庆，
四处打听东坡肉的消息。
但网购的李瓶儿是个素食者，
她往碗里打了太多的蛋，
已分不清哪个是双黄的。

因为不知道该称蟑螂为先生
还是女士，月入两万的胖厨师
坏心情持续了一生。
一脸滚刀肉夺刀而去，
三千里砧板，刀刀都是绝学。
而厨房已扔出星空。

2012 年 12 月 20 日

暗想薇依

像薇依那样的神的女人，
借助晦暗才能看见。
不走近她，又怎么睁天眼呢。
地质的女人，深挖下去是天理。
煤，非这么一块一块挖出来，
月亮挖出了血，不觉夜色之苍白。
挖不动了，手挖断了，才挖到黑暗。
根部的女人，对果实是个困惑。
她把子宫塞进这果实，吃掉自己，
又将吃剩的母亲长在身上。
她没有面容，没有生育，没有钱。
而影子也已噤声，纵使辨音力从独唱
扩展到合唱队，也不能听到自己。
那么，立在夕光中暗想片刻就够了，
别带回家乡过日子，

无论这日子是对是错都别过。

浪迹的日子走到头，中间有多少折腰。

北京的日子过到底，终究不在巴黎。

神恩的日子，存进报酬是空的。

因为这是薇依的日子，

和谁过也不是梦露。

旧梦或新词，两者都无以托付。

单杠上倒挂着一个小女孩，

这暗忖的裙裾，雨的流苏，

以及滴里答啦的肢体语言。

她用挖煤的手翻动哲学，

这样的词块和黑暗，你有吗？

钱挣一百花两百没什么不对，

房子拆一半住一半也没什么不对。

这依稀，这弃绝，不过是圆桌骑士

递到核武器手上的一只圣杯，

一失手摔得碎骨。

众神渴了，凡人拿什么饮水。

"二战"后，神看上去像个会计，

但金钱并没有让一切变得更好。

账户是空的，贼也两手空空。

即使人神共怒也轮不到你

替她挨这必死的一刀。

词的一刀，比铁还砍得深，

因为问斩的泪哗哗在流，

忍不住也得强忍。

而问道的手谕，把苍天在上

倒扣过来，变为存在的底部。

薇依是存在本身，我们不是。

斯人一道冷目光斜看过来，

在命抵命的基石之上，

还有什么是端正的，立命的。

2012 年 12 月 30 日

纸房子

一座盖在明信片上的房子
寄到远方之后，仍在原地屹立不动
纸上建筑，拿水泥一抹竟是真的

土地也可以是一片云，挪移到纸上
盖上邮戳寄走。几片雪花
足以使房子和土地飘飞起来

老房子人进人出，但门敲叩无声
时间上了锁，但锁芯已经坏掉
钥匙转动时，明月也感到头晕

你打开空，点了点锁芯里的词造物
有几颗是人造心脏。这么一座
盖在纸上的房子，却有着水泥

和砖头的肯定性，浪花被玻璃固化
水母轻若烟云，穿上沥青外套
建筑师年少轻狂，将蚊子和金龟子

从图纸放飞出去，也不知词与铁
孰轻孰重。童音的变声夜
地方戏的嗓子清空了歌剧

混凝土把柏拉图头脑里的洞穴
递给飞翔，水里的鱼
被盖成鸟儿的样子，却不去飞

水电工将导电之手伸进风暴眼
伦理，按真理与妄言的恰当比例
建造起来，神与人，构成孤立

走了神的乌托邦，以及家长里短
逼着砖瓦工讲黄段子
砖混骨架，变得有血有肉

要是以来世的目光看待现世

把末日倒过来看，从月亮的盈满
看到光的雪崩，看到善的亏欠

以及真的佯谬，钥匙会在锁芯里
停止转动吗？老房子在大地上的消失
和纸上的重建，两者都是未知

掏真金支付这个幻象吧
空，有时会自动投身于建设
你会将纸房子移到土地上去盖吗？

2013 年 4 月 12 日

一半之半

半个世界都说是的时候
能对世界的另一半说不吗

阿拉伯的几个先知
因石油的配额而烦恼
派遣幽灵和坦克
与莎士比亚比修辞术

永恒之美敌我各半
直觉的一半弯曲下来
不分美丑，不分对错
直觉的阶级成分
被错觉直立起来

太阳以为自己是为心碎升起的

而月色之美
半是盈满，半是缺失

沙漠之美半是雨滴半是洪水
裙裾之美一半曳地一半凌空
时间之美反过来是无时间
人脸的半边脸是鼠脸

看不见的世界之半
从深处，看见自己的另一半
是失去的一半，也是存留的一半

商业之美
半是暴发户半是破落户
大国之美
半是美国梦半是中国造
政治之美
半是全球化半是小地方

一分钱掰作两分钱花
再分配的一半是不分配

国库的一半是小金库

黄金的一半是白条子

红色江山的一半

写在白纸黑字的一半上

江山，一半是打一半是坐

绿党与黑帮称兄道弟

红酒与白酒推杯换盏

坏人的一半好不起来

好人的一半比坏人还坏

天才把半个脑袋给了白痴

两颗脑袋，一个趔趄

瞎子的世界瞪着两眼

轻的一生不堪重负

生命之半，活到头也是折腰

浮生的一半是偷生

半死半生不如九死一生

前世来世，皆是现世

死后的一半在生前

万古的一半仅有一秒

全部占有，近乎全无

因果之半，无果无因

对世界的另一半说是吧

当半个世界说不

2013 年 4 月 17 日

致鲁米

托钵僧行囊里的穷乡僻壤，

在闹市中心的广场上，

兜底抖了出来。

这凭空抖出的亿万财富，

仅剩一枚攥紧的硬币。

他揭下头上那顶睡枭般的毡帽，

讨来的饭越多，胃里的尘土也越多。

胃飞了起来，漫天都是饥饿天使。

一小片从词语掰下的东西，

还来不及烤成面包，就已成神迹。

请不以吃什么，请以不吃什么

去理解饥饿的尊贵吧。

（一条烤熟的鱼会说水的语言。）

托钵僧敬水为神，破浪来到中国，

把一只空碗和一副空肠子

从文具到农具，递到我手上。

人呵，成为你所不是的那人，

给出你所没有的礼物。

一小块耕地缩小了沙漠之大。

我还不是农夫，但正在变成农夫。

劳作，放下了思想。

              这一锄头挖下去，

伤及苏菲的地理和动脉，

再也捂不住雷霆滚滚的石油。

多少个草原帝国开始碎骨，

然后玉米开始生长，沙漠退去。

阿拉伯王子需要一丝羞愧检点自己，

小亚细亚需要一丝尊严变得更小，

女神需要一丝愤怒保持平静。

这一锄头挖下去并非都是收获，

（没有必要丰收，够吃就行了。）

而深挖之下，地球已被挖穿，

天空从光的洞穴逃离，

星象如一个盲人盯着歌声的脸。

词正本清源，黄金跪地不起。

物更仁慈了，即使造物的小小罪过

包容了物欲这个更大的罪过。

极善，从不考虑普通的善，

也不在乎伪善的回眸一笑。

因为在神圣的乞讨面前，

托钵僧已从人群消失。

没了他，众人手上的碗皆是空的。

2013 年 10 月 18 日

早起，血糖偏高

在早餐的蒸蛋里，那晨星般
撒下盐粒，又让老男人凝结的东西
变成了糖。天下盐，丢了谁的天下

这一天，广场空无一人
急诊，排起了长队
风吹来芳香的、意识形态的苹果醋

四环上，有人驾驶一枚鸡蛋壳
逆时空一路狂奔
五十年代的膀胱缓缓升空

隔着防火墙捏鼻，还是能闻到
三千里外的闷骚狐狸：孩子们
从搜狐网朝阿里巴巴撒尿

为憋尿时代建一座纪念碑吧

为头脑里的小便订购一只抽水马桶

因为杜尚先生要来，签下他的大名

在文明这具恐龙的骨架上

我们一生的甜蜜劳作

工蜂般刺入花的血滴

在花脉深处，药片吞下烈日

甜的陈腐照耀着大地

甜的吸血鬼相见欢

胰岛素，这液体的针尖王子

以医学的目光打量尘世

避开了冰激凌皇帝的邀宠

糖衣炮弹打开甜的内部构造

揪出一堆的厨子和胖子

有的得了厌食症，有的想要转世

而贪吃糖果的男孩

像个无辜的天使站在地球仪上

并不知道甜去了哪里

伤感是多余的，但又必不可少

甜的哲学被苍蝇飞过之后

再也不能飞得像一只翠鸟

2014 年 1 月 3 日

抽烟人的书

只读抽烟人写的书
只买烟草抽掉的书
只花抽烟抽剩的钱

打火机将书里的字烧光了
剩下一本无字书
读，还是写：这是个问题

抽烟人的书，字是亮的
烟丝熄灭后，钨丝亮了
烟抽过的东西全都有了电
没抽的，继续待在黑暗里

钨丝和烟丝，哪个更亮？

红尘和灰尘

其中一个犯了烟瘾

想从书钱手上抢烟钱

但书钱早被烟钱

花得只够买一份小报

不买书的人

把买书省下的金钱

攒起来办报

但风把报上的字也吹走了

昨日之日，不够读一份报

但足够读一百本书

今日之日，今人的书

全是古人写的

活字睁开眼睛

不解地看着盲人所见

鸟语，出现在死读书里

悠悠此生，读不完天下书

但足以把图书馆的书

从头写一遍

书写到一半时才有了书桌

烟抽得只剩一小截烟屁股时

还是没裤子穿

资本论的稿费

不够马克思的烟钱

大英图书馆烟雾蒙蒙

托洛茨基嘴边那支烟

倒过来抽未必是斯大林

地狱般的烟瘾升上碧云天

从报摊到图书馆

一路张贴着禁烟令

肺里的烟灰缸被扔了出来

头脑里有一只巨大的墨水瓶

从未写出的书，人人都在读

书读完了，却一字也没写

书的历史减缩成一份晚报

新闻被退回事件的发生

发生，被退回发生之前

以读报人的眼光看

书，是幽灵的事

提着断头，双手也被砍去

把死的东西写得活过来

眼睛写瞎，心写碎

尽可能久远地读

尽可能崇高地写

2014 年 1 月 20 日

八大山人画鱼

鱼，游出词的骨头
在阳光的垂直照耀下

迷幻地待了一小会
然后，游回词的无处安身

鱼以词的身体，在地上
活蹦乱跳，它刚刚离水

八大山人想吃鱼
但山中无鱼，只好画鱼

渔夫觉得不像
抓了条活鱼放进画里

一条真身入画的鱼
反而更不像了

鱼像了词，像了别的东西
不再是它自己

在词的身上，鱼不过是
词的无处安身

彻底安身，也就彻底死了
鱼在地上，一动不动

谁会是一条真鱼呢？
如果它不是

八大山人画过的同一条鱼
早已被渔夫捕获

鱼听从了词的放逐
眼睛，在水墨中瞪着

词没有的东西，物也没有
如果有，它会自己现身

比如，一只孔雀
会慢慢出现在鱼的肺部

鱼在纸上游来游去
而不是水下

孔雀肺一呼一吸
直到空气全无

文明的幽暗
对鱼的孔雀是个诱惑

它刚要开屏
却被浪花溅了一身

鱼忘记了八大山人
从水的抽象游入博物馆

鱼也忘记了渔夫

且在阳光中待得太久

2014 年 2 月 12 日

中国造英语

这群人说的是哪门子英语，
口音是从外星球下载的，
没有故土，没有身份，没有国籍。
在海关，在该掏护照时，
他们掏出的是商籁体诗歌，
一字一字，掏空了人文。

他们用雪花体
签下阳光的名字。

他们一个劲嚼着口香糖
但满嘴的牙已拔光。
想安装高鼻梁，又担心会塌下。
涂鸦之美夺身而飞，
把鼻音飞得毛茸茸的，

舌叶音伸出小羊的脚爪。
童声，变声蛙鸣和鸡叫，
吵得城里人睡不了觉。

给英语贴上中国造商标
岂不快哉？再过 20 年，
美国人将从中国进口英语。
中国将为四川话和广东话
分设两个海关，两门必修课。
四川话将成为印度人的英语。
而在香港，粤女口里的声声慢
将卷起牛津腔的快人快语。

要是电脑人不会说英语，
为什么不试试说梵语，
说古汉语，拉丁语？
优雅得有个优雅的尽头，
好英语已说得让人腻味，
听上去像一个殖民地。
说，就像一个人替所有的人
在说，孤零零地说，

把英语说得只剩 900 句。

要是外交官的英语
说得不像莎士比亚和伍尔夫，
像李白，像孔夫子也行。
请允许银行家
在有生之年变得土气和野蛮。

乡下人将接管各国的英文系。
对国务院他们一点兴趣没有。
银行和保险公司，谁想要给谁。
军事基地也一并奉送。
一支舰队驶入沙漠的腹地，
海军上将接过下士的酒
跪对阵亡者，一饮而尽。
和平真的想吃战争这碗饭？

谁也拿诗的天籁没办法。
请问哪个美国大兵，
会把拉丁语发音当回事？
修辞术，它的磨洗，它的神经兮兮，

会将生存带离古希腊奥义，
如果造词者有能力跟随它。
盛唐诗篇的美少年镜像，
从物质性提取汉语之美，
以此答谢天下。

梦是假的，但舌尖是真的。
梦怎么能没有蝴蝶？
但真的没有。

他们最终将用软件英语
把历史说得遍体硬伤，
把高傲说得低下头来。
神，因高人一等而折腰。
女人把高跟鞋穿在前缀上，
屁股一翘一翘地说抱歉。

那些年老时才耷拉下来的乳房
为什么不现在就耷拉下来？
那水一样往外泼，但快泼出时
被兜住的，丰收般的乳房，

就让它从限制级的语种往外泼吧。

女教师怀上了想象力的孩子。

迷醉感，紧紧搂住现实感，

借外祖母之力，生下了这个幻象。

因为助词的孩子怀在母腹之外。

胎儿感觉有个上帝般的叹息

在自己身上挥拳。

课间操时间，一群小学生

走到一个废词里扩胸。

倒装句的语法胳膊，顺从了疑问句，

朝无意识深处伸展。

口语，使劲地向上提臀。

体检时校医满口从句，

医术和病史，根源两相挫牙。

英语用发明了两次的自行车

把古汉语骑到天上，

曾经是鸟类的东西

慢慢变成了人类。

飞翔的哑语，展开帝国之翼，

夜空里，小金属的眼睛一闪一闪。

英语最终会演变成真正的无语。

音乐和海浪崇高地响起，

但人身上的鱼耳朵

还是没找到座位。

梨，顺从了苹果的言说，

亚当和夏娃演变到最后，

会成为礼仪祈祷用语，

听从古汉语的孔子。

因为孔子的世界远远回避着今天。

今人已跟不上古人的退身。

那样一种无声之声：水枯竭了

却还在流的声音，

到处被听见却并不在说。

字的垂涎：蚜虫正在吃掉自身。

几行甲骨文，足以耗尽一生。

英语被易经拧紧之后，

突然就失去了时间。

说，走到地心的听力深处

去板结，去石化，去啄虫。

正义的敌敌畏吐出三千尺火舌。

但是，朝樟脑味的木头英语

喷多少香水都没用，

印第安人把英语看作口臭。

简洁，构成了连原文也没有的译文。

而英语，难开民选总统的口。

官腔已成明月，这空言的发光体，

如手工活，嗓子浸在一片冰心里。

没人知道共运史的底片和叩问

已被华尔街悄悄退给了历史。

也没人能听出昆曲之妙：

这戏，不听也罢。

CNN 听上去不在北美

也不在江南。好话，被坏话说尽。

美国梦，在梦心安装了一个

助听器：美国之音自动在说。

但那些脏字眼的耳朵呢？

云当了老板，但雇不起女秘书。

话到嘴边，丢就丢了，

铸剑上的汉字尽是些活字，

也没铺天盖地印在小报上。

言外意：给出你所无的礼物。

这片标准语音的录音棚，

这些抽象的本地异乡人，

以及漂浮在星空中的匿名者，

他们去掉灰尘和乡音后，

将说出英语本身的一声不吭。

英语在他们身上几乎是动物性的，

它以老虎爪子，抓了世界一下。

猫语也这样抓人，带着痒与哆。

美式英语痛遍天下，

把老虎抓人的恐惧，

抓得如同猫咪也在抓。

这温柔的内饰，几乎是纯棉的。

太阳也得上电池才亮。

英语的太阳，在天空中暗淡下来，

这颗人造心脏的太阳，

最终将在嘴里，找到灯的位置。

太阳整个冬天都待在结巴的暗处。

阳光的袖子在英语身上

比旧衣服的衣领还要苍白。

托福，像粘在鞋底的口香糖，

把生活变成了别处和他人。

轻不是罪，但它卷走了重音。

好在音韵不属移民局管。

水洗过的莎翁，也被阳光鞭笞过。

为什么新闻忘了关灯？

废报纸，那些过时的词，

将按重量出售。

留在嘴上的是心碎。

英语将被梦的耳朵捂住。

除非取下大数据的面具，

脱掉军人的迷彩外套。

除非石头的话，说给花儿听。

除非留下某些没说尽的东西，

留在这浮世上。

2014 年 2 月

老相册

黑鸦没有右手，却有两只左手
手与手隔世相握，桃花换了人面

换谁都是两手空空
天人对坐，催促灰心

影子从屋顶明月缓缓降下
这埋入土地的天空呵

一大片黑影子扑腾着白雪的翅膀
一枚分币敲打安息日的心

在底片上，黑鸦像个职业摄影师
对着一场大雪，按下阳光的快门

谁将这无人的椅子坐在花里
谁命令我坐下，命令一百年的雪坐下

夏天过去了。乌鸦和雪还坐在那里
而我坐过的椅子上坐着一个无人

2015 年 9 月 7 日

开 耳

钥匙从天上掉到地上的声音

捡起来一听

里面有个上了锁的歌喉

甚至从未打开过自己的囚徒

也在转动这片钥匙

试图打开被锁死的上帝

甚至闪闪烁烁的萤火虫

也从耳朵监狱的内部

点亮了一个天听透雕

有人在途穷处偷听这个天听

有人将手的日子往耳朵里塞

有人捂住转世的耳朵

天上的钢琴掉落下来

砸到童子功头上落花纷纷

十万个琴师的头上只有这一个灵童呵

每个天才的身边都坐着一个账房先生

我看到物质之美的孤立

我听到采采卷耳在发愣

迷魂被销魂一弹，顿时断魂

你得弯曲直觉才有听觉

你得走出听觉才能听到黑暗

你得待在黑暗中才能开耳

因为众人身上的耳朵皆是聋子

一种静极的发自子宫的声音

如同被哑巴所唱出

2015 年 12 月 21 日

字非心象

天下读书人中有一个不识字的
但他会写，把书里的字写在滔滔江水上
把废字和哑字写入鸟嘴
把缺腿的字写成鸟爪
又从鸟浮提炼出字的菩提

他提着众花的头颅去见世面
开败了字的花儿妙笔

他看不见自己身上的高山流水
因为所有的清水浊水
都与雾豹和经卷混在一起

人的一生中写了多少错字呵

木简的字，以金文一写竟成天命

而一个古人风雅就风雅在

能以二王的字写下一张欠条

能把甲骨文写得如一只螃蟹

能把螃蟹爪子掰下来当钳子使

石碑里的鸟兽之身已非今世

多少个青蛙王子隐身于蝌蚪文

童心和童子手端坐在莲花上

邪恶也坐得端端正正

善，竟如佛骨一样盘卷坐起

又随日常万念化为无形

气息相吹，舞之蹈之

心之所是成了它所不是的

但那并非心象，而只是个执迷

2016 年 1 月 12 日

霍金花园

水墨的月亮来到纸上。
这古人的，没喷过杀虫剂
　　的纸月亮呵。

一个化身为夜雾的偷花贼
在深夜的花园里睡着了。

他梦见自己身上的另一个人
被花偷去，开了一小会儿。

……这片刻开花，
一千年过去了。

没人知道这些花儿的真身，
是庄子，还是陶渊明。

借月光而读的书生呵，
竟没读出花的暗喻。

古人今人以花眼对看。
而佛眼所见，一直是个盲人。

从花之眼飞出十万只萤火虫，
漫天星星掉落在草地上。

没了星星的纽扣，花儿与核弹，
还能彼此穿上云的衣裳么？

云世界，周身都是虫洞，
却浑然不觉时间已被漏掉。

偷花人，要是你突然醒来，
就提着词的灯笼步入星空吧。

2016 年 7 月 31 日

老嗓子

老嗓子，老嗓子，
这一嗓子吼出来，
万物都有了原唱。

生铁的老嗓子烧得通红，
火花四溅的华阴老腔，
一板凳砸在黄土地上。

膝盖的老嗓子跪地不起，
烈酒的老嗓子烂醉如泥，
黄金的老嗓子一贫如洗。

心如此脆弱，经不起老嗓子吼。
西安再怎么唱也不是古长安，
活人死人，谁对谁磕头？

假嗓子能唱出真理吗？

娘娘腔能唱得飞沙走石吗？

机器人的嗓子能伤心落泪吗？

万人吼的老嗓子一身痛楚。

原唱和翻唱，谁有更多的歌手？

秦腔和布鲁斯，谁的听众更孤独？

掏空生活才能掏心掏肺。

拆除电视台才能搭建纪念碑。

扔掉麦克风才能对着群山放歌。

老嗓子，老嗓子，

有什么被你深深憋住了。

明月当空，众树歌唱，夜空沉默无语。

老嗓子，老嗓子，

为什么罪人被你唱过之后成了圣人，

而神被唱过后反而成了哑子？

老嗓子呵，老嗓子，
没被吊起来的声音唱不出老太阳，
但唱老了还在唱的，并非一轮新月。

2017 年 8 月 23 日

第三辑（2018—2021）

宿墨与量子男孩

1

雨中堆沙，让众水汇聚到沙漏之塔

　　的那道不等式，

是一个总体，还是一个消散？

漏，倒立过来，形成空名的圆锥体。

先生，且从鱼之无余分离出多余，

且待在圆形鱼缸的斗升之水里，

掉头反观

　　那些观鱼的人。

子非鱼，男孩以空身潜入鱼身，

且以鱼的目光看天，看水，

　　看反眼被看的自己。

这道奇异的量子目光，

与不可说、不可见连成一片，

曳尾于苍茫的万有引力。

而你太孤单了，视万人为先生。

2

不期而至的神秘客人，随身带着

三样东西：蝴蝶，宿墨，电解盐水。

    核裂变的猫

抓起水中鱼，并没有搁在

主人盘子里，也不和客人打招呼。

    男孩夜读而不点灯，

因为鱼和萤火虫对换了活法，

任由先生在焚书的琥珀里，

    幻化为一小片闪存。

金鱼的凸眼，好像被玻璃人吹过，

里面的金子和水，为佛眼的空无

    所盈满，所翳蔽。

从鱼眼往外看，世界，未必是人的样子。

而鱼之所见，能表述为几何吗？

3

思想巨人，需要一个速记员，

以使星际尘埃落在纸上，

　　需要一枚针灸，

把万物扎到痛的深处。

在海量信息流中，

　　蝴蝶，闪现了一下。

爱因斯坦从量子男孩身上，

看见真雅各扮成一个假雅各，

以此断定：上帝从不掷骰子，

　　也不揭开撒旦的秘密。

神在世界的田野中放了一张书桌，

但伏案之人手里并无农具。

　　何以李白不读，不写？

因为故纸堆里已无薛涛笺。

而你的电纸书，已非今生今世。

4

今人所读，不及书已读完的古人。
那份万念闭合的心沉和心悲，

　　　　仅凭独一论托底，
不足以下沉到典籍的底部。
史官眼里不是没有泪水，
但一千吨火山灰已尘埃落定，
唉，让落泪者

　　　　把眼泪憋回去吧。
高枕之人，在天空中合十而坐，
即使春风初具雏形，也不梳头。
大帝国，小蝶仙，皆以树状入土。
量子论缩小了天下神权。

5

临终七言已断魂，琴瑟之人
以迷魂拨弦，不得不掬水为天。
草原长调隐入太息，不得不帮腔

　　　　和拖腔，

神的口信不得不拆封。

即使马头琴的漫天飘雪，

已将地心之眼的一粒红宝石，

嵌入梅曼博士的激光之眼。

天空中，七个雷霆碾压而过。

这万马狂奔，这天象在地，

    对忽必烈汗

不过是勒马回天的片刻执念，

却扰乱了年轻的麦克斯韦

    对永恒的看法。

6

被一颗痛牙所扭歪的男孩脸上，

出现了神迹般的热泪滚滚。

仅仅成为狄奥尼索斯的酷儿

    还不够，

还得是个变节的托派分子。

那不速客，随手揭下"二战"军帽，

与憋尿而来的白衣天使

    撞个满怀。

而你一直在收集死者的视力，

以便一睹怪力乱神的尊容。

左，是牧羊人，极左则是克隆羊。

　　如是我闻：

前世书篇幅浩瀚，而人生苦短，

老花镜刚好不在书桌上。

这不是人的问题：如果一只老鼠，

坚信世界上没有猫，

　　它很快会被猫吃掉。

7

神，并无猫的百变身，

　　也不判定

薛定锷先生的猫是死是生。

鱼不解地望着渔夫，问：

　　你猫了呢？

南海消息，落纸已是北海，

云的部分写成了鱼书，

氕的部分是重氧，是海底火焰。

　　江南才子

酷爱梨花句子和杏花脸蛋，

尺八，吹不吹都是鸟语鱼唇。

而你，借助神的暗脸，

与自己身上的无脸对看，

看不见身外身的众多无人。

除非你成为这个无人：

　　父亲般的无人，

但刚好是、反过来是你本人。

所舍，本身已包涵了所得。

　　如是我闻，

神的圆周率无所不在，

圆心，却始终是男孩的灯谜。

8

除了无法形容，再也找不到

　　更为贴切的字眼了。

大灾变后，老康德也得搁笔，

不死不生，也不抬头仰望，

　　因为纸上并无星空。

老庞德一走出疯人院，

便混迹于纸上的跳蚤市场。
量子男孩，你就吞下这粒秋水仙碱的
时间胶囊吧，醒在古长安，
借韩昌黎的险韵、怪韵一用，
且借安眠药的缓释药力，
将胃痉挛的万般别扭
　　　强扭过来，
且令相对论的金鱼去拖地板。
　　　如是我闻：
五百个物理学教授，
顶不过一个爱因斯坦。

9

雾中这些次第绽开的婴儿脸，
退远五十步，五官便消失了。
　　　蛇的修身不可被看见，
即使断食百日，也化身为地理。
一些拖泥带水的东西抬起头来，
看见蛇身慢慢变成水患。
舌头咬住尾巴，这宇宙的甜甜圈。

轮回意味着入世，而非隐世：

　　宁可尽瘁于斯，

　　也不得略过不表。

光，以微粒扩散的形态被吸收，

天音本来无耳，何必聆听大地。

难言：它的桃花针脚，它的微积分。

针尖上一大群小人国的公民，

六十岁，比三十岁更为疯狂，

　　也更消磨。

有人将连续性的数字低音，

制作成乙醚，闪送给耳顺的孔夫子。

　　有理难言，仅仅因为

毕达哥拉斯不喜欢无理数，

他把 2 的平方根扔出了船外。

戴德金切割，使数学变得简洁。

但是，有谁听说过戴德金？

10

星群中，天使推了你一把。

克罗内克说：上帝创造了正整数，

其余都是人的工作。

承认连续性，就得到无限大的数字，

拒绝无限大，就得处理非连续性。

小的美好，以及无限小的困惑，

　　弥漫于难言的袖珍神学。

因为诗的声音逻辑，

新知觉的惊讶，以及晨星之美，

这三者的连接形成自由的新定义，

以及新的分离与聚合。

神给量子男孩开了个好账户，

为此，一天生命能活一百年。

　　巫的时空，以光速切换。

新人，打开一看，是个做旧。

一条鲜活的鱼从冰镇鱼的身上，

蹦跳出来：它们是同一条鱼。

11

独一，并非无双。

（布朗肖说：有两个托拉，

因为必然地只有一个。）

核裂变如此渺茫：

　　　伊壁鸠鲁的原子

持续分裂，词，拔出物的神经刀。

词非物，但众词之外空无一物。

尼采回眸，狂怒超出了末日的刻度，

必死，以不死为代价，

取得了双重否定的自否。

赘肉时代，懂轻功的量子男孩

能否凭借烟花天梯，

攀登内心的无上菩提？

斯大林乘老式马车在天空中

　　　听尤金娜弹奏莫扎特。

曼德尔施塔姆坐在铁椅子上，

理发师问他剪什么发型，

他简单地说：

　　　请剪去我的耳朵。

12

在古埃及，终身为奴的劳作，

使后殖民时代的剑桥教授

变成硬脖子，他们自嘲般地

痴迷于异教女子的小蛮腰。

埃及众奴说：我们不认识摩西，

　　　只认识亚伦。

外星人，突然现身考古现场，

敲击大地深处挖出的

　　　天灵盖的声音——

此乃先知的哑，还是摩西的口吃？

（他重复说：岂有之岂无。）

摩西十诫，不得不写两遍：

（白色火焰，写在黑色火焰之上。）

　　　一神教的摩西，

是埃及人与犹太人的合体。

独裁的、埃及众奴的摩西，

死于犹太摩西之手。

这流传至今的罪，激起非犹太人

　　　对阉割的深深恐惧。

13

海德格尔垂青第三帝国，
固执地在胚胎学与历史老人之间

    钩沉古今。
但阿伦特拒绝以品达的目光
看待运动和身体的纯洁性。

    一段"二战"前的师生恋，
在冷战档案中变得如此热烈。
军人爱枪，影星爱美，牧场主爱马，
有人为快乐的 M. 韦斯特而失眠，

    "但你是我的至爱"。
克里斯蒂另有高见：最值得嫁的

    是考古学家，
你愈老，他愈感兴趣。
出版商莱恩先生在埃克塞特等车时，
整整一小时无书可读：
六便士的平装书，

    步态有如一群笨企鹅。

14

大块文章青绿如斯，

一直蝶化，穷物理而舍真身，

一直难言，没长出雄辩术的政体。

朋克，耗光了夸克的耐心。

而在门捷列夫

　　秃头之顶的空阔无边之上，

是蜘蛛织就的天网恢恢，

是避雷针的、吱吱响的无意识，

是帝力和条形码的精神分裂，

是火刑般的数字低音

　　在弹奏天启的水滴。

警车一路呼啸，狂追了 500 公里，

只是为给蝴蝶开一张罚单：

因为它飞出了地图。

而你，仅凭一张化学元素表，

　　能读懂庄子吗？

法，剩有古人写剩的一点宿墨。

史笔所写，未必字字飞鸟，

    它们飞起来，

仿佛被天外手所触摸。

三月三，龙抬头。

男孩走出一生的量子迷雾，

出埃及，出头文字，出 3D 打印，

入反骨而顺从了纠正。

    六祖慧能平静地说：

不是风动，不是幡动，仁者心动。

十亿冥币买不来一袋玉米棒子，

乡村的事，

    绝非词物交易。

狗头金，没追上那杯鸡尾酒。

难道一份乡政府的红头文件，

竟以《左传》古音来宣讲，

以甲骨文来刻写，刻在竹简上，

    或梨木雕版之上？

心事起了大雾，茫茫不见太史公。

挤进地铁，身体里多出个胎儿。

中年人，一身犯罪般的婴儿肥，

在宇宙洪荒中

　　被挤成一个哑谜。

但那个观念的孤儿认错了双亲。

白矮星，并非两个星际之间

飞来飞去的一只乒乓球。

弧圈球是轻盈的，但足球的蝶变

　　更为美妙，

一记落叶球，从地球踢上了月球。

玻尔与霍金，两人都迷英超。

　　棋，不一定非去山顶下，

但两个纽约客真的去了。

他们登顶华山后，彼此下了

　　半盘好棋。

生死和对错，彼此无心。

如是我闻：失败也开始炫技。

盲棋者，坐忘于阿尔法狗对面。

棋，隔世而下，落子处并无棋盘，

索性在星空中

　　搭一片薄如蝉翼的穹顶。

斗转星移，大地万瓦浮动。

山中人长考半生之久，

　　然后，下出一步臭棋。

17

一支相对论的铅笔在光中转动，

投下较长或较短的影子。

然而，在大我与小世界之间，

并无一道笛卡尔分割线。

　　发生，纯属概率。

舞蹈的概率波：它们的终端闭合，

被吹入骨带烟霞的长笛。

神的气息，将男孩嘴边的肥皂泡

吹得如一个星体那么大。

若非神力，还有什么样的缩小之力，

　　能使原子核

比尘粒般的原子小十万倍？

以此在之小，身手不可恣意腾挪，

却又不舍细小之美。

瞧，在一枚大头针尖上，

　　力之核

搂着无边无际的洪荒之力，

翻滚着，沸腾着。

18

清晨，超现实的摩天高楼

如提线玩偶般在雾霾中浮起，

维修工将绷紧的管道神经

　　松弛下来。

男孩这一生拔掉了多少插头，

出远门时突然想起，

厨房里的瓦斯和电灯泡

　　一直开着。

欠费单在天空中飞驰而过。

雅阁：穷人的劳斯莱斯，

要是骑摩拜的人拿刀片刮它，

　　它会疼吗？

驾驶证从裤兜掉在地上，

捡起来一看：那只是个提线人。

男孩看不见自己身上的卦爻，

而先生头上多出一顶官帽。

19

清风徐来，大胆的脏话废话，

完全不同的各自的苟且，

以及配脸的、对嘴形的相见欢，

　　迎头撞上黑科技。

第二自我，从网聊层潜入接口层。

右耳里，左和极左，七嘴八舌。

你得造一大片违章建筑，

以便将旧我身上的三头六臂

　　塞进去。

使徒保罗说：耶稣是个新我。

实在论废墟，高于拆迁工地，

美，永远是个错误。

茫茫宇宙的一叶无重力太空舱呵，

一闪念，白鹭消失，明月伤心。

20

乌鸦的嘴，比它的全身还大。
一只被哈瓦那雪茄抽过的乌鸦，
和一只抽电子烟的乌鸦，
两者的量子叠加，

　　构成晚唐的玉生烟。
烟草计划：要是徐冰不署名，
神的签名也未必生效。
而一脸迷茫的诗人小新，
在特朗普的推特上留言时，

　　留的是远古的蝌蚪文。
景观的双重性，有时是金属，
有时只是一纸空言。
景观，它意味着人看不见什么，
而不是看见什么。

　　如是我闻：
景观之内，劳动并无手足和泪水，
而资本是无器官的身体。
活劳动，代替所有世代的亡灵
在回魂，在付账，在归零。

小我，闯入未来考古的大我，

　　现在，身在过去。

21

因重力作用而绕定点旋升的

数学水妖，以女基督形象

　　浮出海面。

从椭圆函数到复变函数，

从太阳系的同宿点到俄罗斯风洞，

　　天体已脱胎换骨。

在北京，在金鱼胡同，一个老戏骨，

把青蛇白蛇往脖子上一缠，

　　对众人说，

瞧，这是最直观的量子纠缠。

秋风吹起橡木贴面的山山水水，

吧嗒吧嗒的时光滴漏呵，

　　落地生了根。

余生第一日，本该是物种狂欢，

却以渔王的形象进入甲烷。

量子人在一颗坏牙齿上种下视力，

以此近观癌的内部，
且将癌细胞的神学扩散

　　收了回去。
而你，孤身潜行到深海底。

22

上市公司的壳体留有陶的手艺。
只是，别碰那只发条橘子，

　　它无止境地响着，
仿佛整个天空是一只闹钟。
银匠与钟表匠，谁技高一筹，
这不是词的问题，

　　而是心灵问题。
深夜里，东坡先生提着一只灯笼，
漫游于双螺旋体的遗传废墟，
于六尘中无染无杂。

　　月色溶溶，
这波粒二象的广义混合，
令晨曦中的哑天使怦然心动，

　　大地的程序员安顿下来。

如是我闻：本读与破读，

两字韵母有阴阳对转之妙。

穿短裙的花蚊子提着云的裤子

　　漫天起舞。

但这鼓满风月的透明肚子，

五官怎么长，才长得像六朝？

瞧你被革命和春梦

　　睡成什么样子了。

23

纳米之轻，让真理变得可以忍受。

暮色如孕妇待在呼吸深处。

一道小提琴的内心目光，

在九重天外

　　拨动中世纪的几根羊肠。

佛的掌心里，攥着一群量子天才。

这些疯子，一桌子掀翻世界，

生活的坛坛罐罐碎落一地。

　　圣杯也碎了吗？

拉马努金暗想：一组方程式，

代表了女神的一个闪念。

来生所是，已无隔世对坐之人，

而所非，意味着以莎学去读红学。

正果在智者身上修成一个修远，

　　而起因，却藏头于愚彻。

24

如是我闻：一只咖啡杯

将要坠地的一刹那失去了重力。

而你，随电子旋转的力学公式，

　　忧郁地转世。

好在费曼先生是个乐天派。

量子男孩：他的比特之身

同时充当粒子和波，

同时处在多个宇宙，

将万古与此刻连为一体。

秋水暗涌，东坡动身去了海南。

怪物克苏鲁把章鱼头和蝙蝠翅膀

　　长在人体上。

先生说：阿伽门农的死，

是对所有希腊人诞生的加倍。

　　而泰山压顶那人，

下山时踩着一小块香蕉皮，

一个趔趄，跌碎了青瓷。

肚痛帖，笔法已痛入剑法内脉。

如是我闻：是之茫然，在所是之先。

25

但丁与维吉尔，平分了中世纪的心灵，

再也没有第三个人

见过天堂中的贝雅特丽齐。

九岁时，但丁遇见波尔蒂纳里，

但晚年时忘记了她的名字。

庄子从《内篇》走出《外篇》，

　　老子关上身后的窄门。

退化，令达尔文先生感到困惑。

因为弱的存在，强引力

变成反向的、史诗般的强斥力。

时间/空间将会弯曲，光也将弯曲。

　　如是我闻，

大爆炸之初，佛的咳嗽

听上去像是纯银锻造的一场雪。

佛的眼神，安详，不含讽刺，

注视着铁笼子里的老庞德，

　　这位词的银匠，

在冬日的阳光中瑟瑟发抖。

出门时，记得多带一件衣裳，

给赤子身的量子男孩穿上。

"若没有管仲，"孔夫子说，

"我们穿衣服扣子都会反了。"

　　如是我闻

如一，将万有分解为无。

而你闪回前生时，重启了

　　今生这条命。

2018 年 5 月 15 日完稿

汨罗屈子祠

魂兮墨兮 一片水在天的稻花

大地的农作物长到人身上

当星空下降时众树升起

稻浪起伏 仿佛巨兽的内脏在移行

一大片黑风衣掉下一粒白扣子

有人衣冷 有人内热 有人坐忘山鬼

而抱坐在大轮回上的芸芸众生

以万有皆空 转动惊天的大圆满

破鬼胆如昆虫变蝶

多变了一会儿 也没变出一个突变

但足以变得一小天下

人的孤注下下去

    必有神的生死

屈子投水 神在水底憋气

但天问是问童子 还是问先生？

天注一怒 降下大雨和大神咒

有什么被深深憋回了黑土地

硬憋着 也不浮出水面透气

也不和漏网的鱼换肺

也不用鱼吃掉的声音说人话

起风了 老宅子哗啦哗啦 往下掉鱼鳞

老椅子嘎吱嘎吱 坐在阴阳之界

狂风把万人灰的楚王骨头

挖出来吹 往地方戏的脸谱上吹

地方债若非哗哗流淌的真金白银

国殇又岂是迷花事君的大倥偬

2018 年 7 月 21 日

阿多尼斯来了

心动者，打开心静的层层卷耳，
借乌云裹身的舒伯特一听。
昔人何人，如问如忘，
以深耳掩其深惑，
水田的牛浮鼻而过。

阿多尼斯又来了。
落日之凄美，以众身皆轻之灰
弹奏圆周率。火山灰，又轻了一些。
鸟爪深及入海泥牛，
以此回看战国时的骑牛之人，
这一身轻的千金千瓦。

读罢沙之书的阿多尼斯，
看见晚餐盘子里的北冥鱼，

在信使的水脸上留有一行火焰。

小心鱼刺，别碰黄金。

且将一纸鱼书投递到太空邮筒。

是的，阿多尼斯来了。

词的界面上，悬琴快闪之身

已无江湖拔剑的古礼。

仅凭一米一的邮政绿等高线，

不足以对阿拉伯王子摆谱。

为沙漠王国造一支幽灵船队吧。

读古兰经的人与读金刚经的人

擦肩而过。小绿人与佛系人，

隔着提线人的山水，对望对坐。

宋人黄山谷整日坐着，

竟被五十株水仙惹恼了。

水泥从老榆树的手指缝哗哗流出。

阿翁去了七九八闲逛。

中文教科书里的虚词暗物，

尚未准备好肉身变形记。

怎么办，怎么办，怎么办呢？
列宁和卡夫卡，
像两只机器甲虫脸对脸。

而无脸的资本无处不在。
非人的拟人化，借身而言。
明月的声音，深深听入大地的深问，
听出双身剑客的独孤落荒。

量子男孩止步于飞鸟。
所有的旧人旧物，
已被工具理性翻修过。
光的泪水坐在黑暗剑士身上，
带虫眼的古语，充气般瘪了。

而巴黎左岸的托派分子，
被外省法语的神经兮兮迷住了。
蜜蜂嗡嗡的观念群，
如穷亲戚绕身，挥之不去。

诗歌透过税的凝视成为世界公民。

名词写下的，动词尚未动笔。
这豹纹斑斓的花体字签名，
这古老韵律的条形码，竟在光天化日下
为美而甩动，而自我鞭笞。

禁止写入的，可以闯入。
肉身进不去的，
花园已先在里面。

爱与死，人神共有的复活。
炸弹与花的唇语，各自难言，
各自因转世而重获今生。
心为之一动者，先于读众登山，
久久待在诗意的栖身处，
搭建未来考古的感官。

月深沉，往手机里充多少电
也听不见千里外的独行者。
放多少只萤火虫在灯芯里，
菩萨心，也亮不起来。

透过阿多尼斯的隐身和显身，

你能看到你自己的双倍

　　　或半个。

桂花的学问渐渐缠身，

余香的鼻子最终将闪现出来。

无人的处女座一片净土。

变容之年的叙利亚男孩，

听着星空中的舒伯特发呆。

七十年前，他从厨房偷了一堆生姜，

把刚冒出的、奇痒扎心的胡子，

涂抹成波光粼粼的金黄色。

哦这黄金下巴会不会掉下。

急事慢做。

人，并非有椅子就可以坐下。

请对远人和身边人，说一寸灰的语言。

请把最后一缕月光

垂直放在全身的战栗之上。

　　　　　　　　　　　2018 年，中秋次日

蔡伦井

1

这些一念闪过的天文与水文，
这一低头，这掬水在手的空气脸，
从指缝往下漏，又从汉代画像砖，
从沉入井底的意念，浮了上来。
如果蔡伦不造纸，世界就只是
一堆砖头，铜和废铁的句读。
或许骏马春风会让咏而归的远人
柔软下来，或许土地连年耕种，
也该歇息了。就让桂阳郡的谷子，
把土里面的东西翻出来晾晒，
在农民的烈日下，词，流了一吨汗。
而我已是喝过蔡伦井水的人了。

2

我，一会是藻井人，一会又是纸神。
肉眼所见，皆悬腕悬笔的古人，
若书桌上无纸，何以落墨？
若纸上没有镇纸的昆仑石，
蔡太仆的手迹，也是吹糠见米。
一个宦官，一个形而上的男人，
把自己身上省略掉的部分，
看作人类心灵的终极欠缺。
但欠缺本身也是一种涌现：
蔡伦在皇帝的两个女人之间
传递繁星的谦逊消息，
夹带着赋的对句，数学的迷思。

3

从井底幽幽浮起的流量脸，
还不是数码成像，还不可刷脸。
蔡伦先生的石像，暗脸已成月蚀，
其余的轻盈部分一碰光就飞起，

转圜无我，几乎是一门心学。

而一个如琢如磨的单衣老者，

也不试酒，也不习经，也不种鹤，

不纠正大的对错，而将一闪念

放在土星下细察，使之物化。

纸为何物？这不经意的一闪念呵，

这方法论的提取与固型，

包含了几个帝国都拔不出的剑气。

4

武士论剑出招时，山茶花落下了。

晋人王羲之枯坐在莲花上，

丧乱帖，十七帖，快雪时晴帖，

快落笔时没了东汉人造的纸。

一头鹅又能值几枚铜钱。

洛阳纸贵，先生对练字的童子说，

将字与纸分开：买字，不买纸。

人在桂阳，得学会造纸和听琴。

造纸，终究是造意。十万次捣杵，

足以将树皮，渔网，麻头，及敝布，

与不可解释的意义搅拌在一起。
再添加些赘生物：人，敬纸为神。

5

词的呼吸深及地质构造。有人
在海上捕大鲸，在河边钓小鱼。
更多的鱼，戴面具待在鱼缸里，
引火焚书时，字的火焰比身体
更狂烈，更像通体透亮的水灯笼。
蔡伦井纯属一个内地意象，
域外来的人，随身带多少鱼饵，
也钓不起鱼来。纸上的活鱼，
是从大地深处冒出来的，紧咬住
火焰的钩。古戏台下人头攒动。
渔歌唱罢，渔网自天的穹顶撒落，
撒网的动作，暗含着弹古筝的手形。

6

琵琶，反过来弹是个哑天使。

蔡伦的意义在于从月球回看地球，
而不必登上月球：人，取水在天。
海大，但没什么水是眼前这深井
盛不下的，海，就在唇边。
一团晨雾裹身，突然就散了，
眼中之人被水墨所洇出。
很快这葱茏的大块文章也将平铺开来，
湖南一带，处处青山绿水，
刀法和圆周率如木刻一样流动。
灵在者，茫然不问，欠身何人。
蔡伦无后，广场大妈翩然起舞。

2019 年 8 月 6 日

博尔赫斯的老虎

1

博尔赫斯的老虎在打盹
一个唱诗班的孩子踮起足尖
噘着嘴，想要亲吻它的奇幻胡须
想把童子尿撒进它的无意识深处
那么，就让这只文质彬彬的老虎
和中世纪的羔羊们待在一起吧
就让一场旧约的、引颈之头的雪
因待宰而落在修辞学的虎爪上
天听在上，圣餐般的幼羊奋拉着头
如奶酪融化在焐热的手心里
这白茫茫一片的欲听无词啊
除非老虎把两行脚印留在天边外

不然雪地里的一个游吟诗人
一边走，一边用脚后跟轻轻擦去的
就不是我，也不是博尔赫斯

2

地窖里，年深日久的葡萄酒
听见老虎身上的罗马圆柱
被一只酒塞子拔了出来
不是用起子拔，而是用逻各斯在拔
大地的酿造随虎啸而幻化
两个酒鬼中，究竟谁在收藏月色
谁因酒色的老年份而顿生哀愁？
当老式烟斗的双螺旋轨迹
从烟草味的乡土缓缓升空时
更远处，一群战废的青铜骑士
已隐身于幻象的纸脸

3

博尔赫斯的老虎是个饱学之士

讲课时，口吐莲花与黄金

但说的尽是滔滔废话

还夹杂着廉价的、坏笑的政治笑话

和措辞昂贵的、拉丁语的浑笑话

这一切，对年轻人是免费的

当马拉多纳伸出上帝之手

打败英国人时，整个阿根廷在尖叫

只有博尔赫斯悻悻然说

请安静，我还没打败斯宾诺莎呢

4

一本《圣经》，即使不是钦定版

即使在布宜诺斯艾利斯的妓院被诵读

也依然是圣处女的、水疗的语言

课堂并非孩子们的极乐世界

椅子倒过来，坐在老年人头上

博尔赫斯私下用业余侦探的语气

谈论一只专业老虎。比如

在量子与等离子之间，博尔赫斯

认出了威廉·布莱克的老虎

如果不是认错人，他就认不出自己

5

记住这个形象：一只真老虎
从美洲丛林腾空飞起
浑身插满考据学的电线
你得容忍追踪信号渐远渐弱
牵扯出天狼星的细密神经
你得容忍虎纹斑斑的帝国法律
以盲文写在羊皮纸上
你得容忍导弹长出鲨鱼的牙齿

6

中了一枪的老虎奔跑起来
比饥饿时更快，也更多血腥味
虎啸：它没有森林的尾巴
一具骨架透明的巨型捕鼠器
被极权矗立在大地上，如一座纪念碑
众鼠逃生，老虎却被牢牢夹住
请把虎头垂放在刽子手的手上
看天卦如何变化，看土著人的眼珠
如何嵌入一个失去魔法的世界

7

老虎的呼吸，在典籍里埋得太深

在墨水和铅字里憋得太久

慢慢变硬，慢慢变得抹黑

看不见大数据的蝼蚁和负鼠

老虎付出肉身，获得了空无所有

词不够用，纸币不够用

老虎身上的金矿就被挖出来用

更多的人需要一只纯金的老虎

以便成为上帝身上的虱子

一个痒女人的世界会一直痒下去

博尔赫斯先生在天堂瘙痒

有的是时间笑点和疑点

逐一写在小卡片上，写成箴言

而老虎本人，因得到上帝的手稿

成了一个盲人抄写员

2019 年 10 月 27 日，飞机上

种子影院

1

在春天，种子吐出人群和鸟群。
种子破土时，已是人鸟一体，
嘴里的天空含着鸟叫声。
土地自众鸟飞尽的休眠状态
缓缓降下，种子，潜龙在天。
绿火车停靠在天边外。
孩子们溜冰去阳光中兜圈，
意外发现种子不是梦，而是
一座影院。地里的人直接走进电影，
手里的锄头越挖越轻，农事
也轻了些，借天上大风一吹，
书卷被吹得浮生茫茫。

嗓子涂抹了一层重金属，

诗歌，在旷野上持续吟诵，

但寂静已渗入脊髓。

春天的发型如蒲公英般蓬松，

春天的厨娘，衣摆一派翠绿。

2

种子最先冒出的内视之脸，

是风尘仆仆的山河故人。

大村庄，小县城，随三千里镜头

下沉到根底世界时，土里的眼睛

会睁开，会顺从光的引导升上夜空。

永恒的月亮，会以无用的眼光看待有产，

会为巴黎人提供某种东方式的

心物之选，以及一份无限的清单。

而在山西，煤老板戴卡地亚金表，

未必比一个手机浪子更懂时间。

即使宕机了，天也还是蔚蓝的。

春天影迷穿不穿鞋子都足不出户，

影院里，坐着一堆天外客。

3

小如米粒的种子汇入大消散，

大到能兜住天网。人流汇入物流，

但是，指望一个提着卦象闲逛的人，

能把旧毛衣穿出时代感，未免

有些薄幸。同款卡其裤没人会

一单下二十条，除非一套天价西装

被穿得如地摊西服般皱巴巴的，

穿出了生活本身的质地。

快递小哥看过所有的贾樟柯，

但在影院看的少，手机上看的多。

盗版碟递到意象里，签收人却身在象外。

心象一碎，物的同一性也碎了。

再多的镜子，也照不见一个无人。

4

假如一个演员在电影里

认出观众席的一个熟人，假如他

走出电影，在那人身边坐下。

假如那人十年前是他本人，

但又认错了脸：真相，长着长着

会长错。柴米油盐堆积在脸上，

既非翠鸟本相，也非鹰的样子。

不如回到电影里，扑面而来的

是一大片青草刚刚割过的味道。

大男孩，使劲刮还没长出来的胡子。

种子捧起杏花脸，她太灿烂了，

必要时，得添加一点黑势力。

5

金钱本色消磨了电影本色。

掏三千万堆垒起一个惊天人设，

电影停机后，人去楼空，只剩天设。

天使的工作浑身都是尘土，

笼盖于逡巡与纠正的头上。

衣兜里斗转星移，

网民在魂游，网红在抖表情包，

苹果和华为隐身于浩渺。

电影在神身上会是一个孩子吗？

6

汾阳往事中最先走向世界的，
是小武。最先抽心一别的，
是取下眼镜的雾中人。
近视的故乡，得走到千里外回看。
对于费里尼的大路与自行车，
一些风月如寄的事换了心境。
而一个三峡好人的凌波微步，
纵然拂去红尘与太息，
也不可能走得比本地人远。
涓滴种子，无词无煤。
昨夜的雨，要是能缩小成一粒种子，
就能把汾阳的雨下在威尼斯。

7

在春天，种子吐出苍翠的古人。
种子不认得自己，在地里挖星星。
要是头脑里也挖了个天坑，
上帝会以大地的粮食去填充么？

婴儿与上帝，在电影里脸换脸。

婴儿对自己扮演的上帝说：

现在只有我们两个了。

但种子作为第三个人出现了。

种子脸上，死神与牧神一模一样。

要是种子能长成半人半神，

会不会每日骑车去上班，

把童年骑得飞起来？要是灵魂

能抵达低语和微风。

风之语，既非回答，也概不提问。

8

二手农事，以任逍遥的气度，

把一枚绣花针挥舞得大刀阔斧。

天选者，听命于纯粮的提取，

耗尽了多少英雄本色。

给种子扣上风的扣子吧。

小镇青年的世界性苦闷，

让风投资本深感困惑。

托梦之身，证件照被拍作艺术照，

丰收盛世，粮仓被盖成了博物馆。

9

看电影的人围坐成一个形而上。
在黑暗中，能坐在一起就够了。
黄河之水随大块文章奔涌而来，
网速一快，网民迭起，
恍惚汇入一大片逐浪之身，
在读秒刹那，变身为慢动作舞者。
所有不是种子的东西，
都入了土，蝴蝶也发了芽。
蜉蝣与大数据，仅一部电影之隔。
三十张席梦思在深眠中嘴对嘴，
三十个空胃从头顶飞掠而去。

10

这一方水土，真是寸土寸金啊，
不负生死对折的天注定。
这片稻浪翻滚的大好山河，

搬进教科书里，岂非寸言寸心。
浪迹纽约的山西人，说外交辞令
说得腻味了，默许自己的下一代
以鸟语去对付中学的英文课。
土话土说，嘴里尽是煤层和爻辞，
那也没什么欲言又止的。

11

把一些砖头的东西搬到高级形式里，
去堆砌，去移行，去重新塑造。
把广场的晚雪，下在清晨的片场。
雪茄的微暗之火已燃到手指上，
灰烬抖落自己的飞升后，
依然在高处和妙处，依然叼在鹰嘴上。
电影将一直拍到海水变蓝：人啊，
能绕到取景器后面察看暗世界吗？
能以流水账，翻动肺叶和史诗吗？
能掏心掏肺，掏出时间的种子吗？

12

掰开种子里的微观宇宙，

琢之磨之，不留字词与足迹。

造字取典，挖井思渴，

且容许一大群异乡来客，

以轻漾的柳枝，撩拨一尊石佛。

众生相，与种子内脸一一暗合。

但念不可妄动，眼中之人不可深问。

孤身走出这茫茫色空与站台吧。

13

种子播撒在水泥地上，

长出一大片烟囱和抽水马桶。

种子撒落在白纸黑字上，

一头歪倒在偏头痛的怀里。

电影泪，哭不完得还给真生活。

影院大厅一片静默，空椅子

为提前离座的人一直保留到暮年。

一直坚持上帝视角的，是航拍的眼睛。

天理，有时众目睽睽，有时是个瞎子。

14

种子是上帝的总量，

被单一的总体性称量过。

种子，一粒一粒数过，不多也不少。

天启把头颅低垂下来，

考据与整理，各自归零。

在众人皆错的终极问题上，

对，是异常孤独的。

月光下，平遥一地碎银子。

贾导整日在贾家庄坐着，

一刀减掉过剩的天才。

（写给贾樟柯）

2020 年 2 月 29 日

清明低语

取款时，银行消失了一小会儿
医院盖在快钱的停云邀月之上

只需轻触一下确认键
大地的呼吸机就能升上云端

删除键，轻轻按下这低语
这发帖和删帖共享的抽身不在

凑份子凑出的史料与坍塌
能随意派生出众生相的大概括吗？

手的语感，手的低低耳语
携百毒隐入手机卡的欠费深处

静音，没了塑造，也就没了骨感
羞耻心以移山之力睡卧于莽莽群山

大片大片的白肺界面啊
如八爪鱼，伸展它的视觉假肢

被垂死所默许的肢体隔离
借蝙蝠而飞，倒挂在时间的哭墙上

抖音在借问：委托人是谁？
物则问物，心则问心，心物两非

宅居之人，从旧日子的废词堆中
翻找着毫无痛感的痛彻

一如美丽动容的黑老大女儿
迷上了黑帮片，呆望着空镜头的花园

她对追剧追责的由头一无所知
却从断魂身上，听出了低语和万念

心，琢着磨着：总得有人接续这断念
雅话脏话，说出来尽是网语

多少人为接续这低语而扪心叩问
病毒入肺，火神出水

几个生物狂人在地球上打喷嚏
火星人，你也得戴上这铺天盖地的口罩

捂得紧紧的汉字捂出了火星文
松开后，无非一声欸乃

口罩的问题是：它遮蔽的面孔
比遮不住的天空还要广阔

千手观音与天下人相握后
要用多少块香皂才能洗一次手？

抗体内部没有彼岸与佛眼
烤熟的武昌鱼，竟无一丝烟火味

2020 年 4 月 4 日

老青岛

二十年前的天机神遁
哪是量子男孩掐指可算的
幽灵的眼，输入计算机也是闭上的
有手，也摸不着一灵万身的鸟群
手的茫然心事，将身外世界
变得沾染，像是灵中所见

鹤止步，这追风人的落叶纷纷啊
二十年的省略，所能企及的是谁呢？
莫奈花园：谁是你的良友和远人？
谁会在万古的天边外等着
只为看一眼一百年后的眼前人
与老青岛，是不是处在同一个此刻？

纸上的此刻，要是叠起来摞起来

会比肉身更多虚掩，也更快地变老
会交代一些从未发生的悬置
重新改写信件，时隔多少年了啊
神不在乎量子男孩进门时是谁
只在乎他出门的时候不是谁

敲门声如盐如铁，门后面的声音
拖长了影子说：抱歉，查无此人
退信人的原址几经拆迁，落座处
原貌已非原神，一脸大海
从鱼腹深处、从空镜子往外涌出
海鸥是轻盈的，但波浪变成铁打的

2020 年 8 月 11 日

帽子花园

帽子是一种精神上的普世处境

因简朴而变得渺茫，留下某种

戴在头上就能长出青草的内心独白

以便给人慰藉：趁考古学还年轻

人人都可以搭乘一列幽灵火车

提前进入待考据的多重未来

以便成为过去，且将其中一个过去

　　铸造成时间的青铜——

一顶魔法的帽子能变出更多脑袋

但一阵秋风就足以吹落它们

此时帽子在今生今世的脑袋上

轻移莲步，一只梦幻般的星际幼兽

正低下头来，深嗅人间气味

大地混合着消毒水与薰衣草的远香

圣婴的手，把帽子留在老人头上

缝制帽子的针线却悠悠地

一针一针被抽出，被隐去

是的，狂风中的头发无论有多苍茫

　　都无关青草和灰尘的本质——

人戴帽，是为了和世界接触

可是花园里的女人全戴着遮阳帽

阳光又用来做什么呢：男人感到困惑

2020 年 10 月 7 日

苏武牧羊

1

一只从未投生的小羊羔，
在风吹草低的荒原上吃草，
神授之，人惑之，这幻化之美，
将牧羊人苏武看作一个执迷。
要进入那具小羊的肉身，
苏武得出皇宫而入蛮荒之地，
以便进入灵韵，取消一道法则，
以便进入更古老的洞穴意识，
连人带羊，全知全隐。

2

在苍天的垂怜下，羊，安详地吃草。
青青牧草的根茎之下，是古海，是落日，
是苏武坐忘十九年的大漠尽头，
是单于丢给他放牧的一群公羊。
单于对苏武说：把那只无身的羔羊
生下来，赐给它一个肉做的生命。
让它引领你回到你所来之处：中国。

3

但上哪儿去找无身之羊的起源呢？
把一条命，从无到有生下来，
得有母腹，得有子宫和物种之痛。
仅有词，仅有至善的力量是不够的。
以公羊之身，以举世叩拜的帝力，
怀不上，也生不出
哪怕一只小小的羔羊崽子。
在荒野之地，想象力
顶多是个助产士，不是生母。

4

羊肠子的天际线隐隐出现了
方法的迹象，以及作为方法的中国。
羊之角，分开翳蔽，不见一丝孕影。
何其柔弱的羔羊爪子伸出来，
将蒲公英般的羊绒毛轻轻拂去。
眼前这片不为狂沙所动的劲草，
以根部的手攥紧天上大风，
任飞沙走石将母乳和皮肤
层层吹去，如同被婴儿的手所轻触。
这天荒地老的心无所动啊，
时间是停止了，还是延展成无？

5

苏武坐在沙之书里，如一个废字。
十九年过去了，苏武回到洛阳，
而羊群依然在西域埋头吃草。
这群无奶可挤、无毛可剪的公羊啊，
皇恩所及，浑身仅一张老羊皮。

如何将它们驱赶到皇宫里，

眼见那些人羊一体的东西，

在苏武身上，刹那枯骨无存？

6

是否苏武身负神力，能将死后净界

转世为再度降生的泛神之身？

从未生下来的羔羊对苏武

是一座心灵监狱，里面空洞无人。

皇宫和边地，何处才是流放地呢？

普天之下的羔羊中有一只没投生，

已经生下的，全都孤身待宰。

7

今人以古人的方式，把羊的那份自在

支离出来，对苏武与班固不加区分，

把大历史过于慷慨地给了小我。

除非苏武对空名所庇护的小羊

倾注深情，除非方法累累的中国，

从西域想象被单独提取，放在青铜里。

8

苏武本人，便是这尊青铜雕像。
如果一群公羊不是单于的终极答案，
汉武帝作为一个问题，对苏武
也不会是中国。一只答非所问的羊，
活在地质学深处。要是今人以落日的眼光
反观古人，会看得更幽深，更空廓：
未来反过来，未必是古代的当代。

9

要是苏武在中卫只待三天，
而非十九年，推开沙坡头时空门，
游人所见就不会是腾格里沙漠，
而是西汉皇宫的断瓦残垣。
人可以出售自己的一百个未来，
但换不回哪怕一天的过去。
能把漫天狂沙制作成一小片潋滟的，

不止是苏武的认命，还有认命之余
那些不知是人命还是天命的羔羊。
一碟羊杂碎对沙漠是个永恒的诱惑，
牧羊人留在世界上的最后眷念，
是一大碗热气蒸腾的羊汤。

2020 年 10 月 12 日

海上得丘

1

时间会不会从烟囱底部开始松动
拔地而起的海岸线遗迹
以考古学眼光看，曾是阔视的大海
人间被石头垒砌到天上时
烟云供养已是盘根错节
坐一念一，精神将蒙恩于尘土

2

古人星罗棋布地坐在天上
撒下天网：鱼群，煽动着鸟群
有如北极浮冰，焚烧金属般的鳞片

高像素头发丝，使重力悬空
但古人身上的纯棉日子
被谁，过成了浮尘静电？

3

时间本身会不会已经过期？
工地上，有人打开一听鱼罐头
配黄酒猪肝（酒的时间不添加防腐剂）
工程师的手，掏出一支炭笔
在动态建筑上画了一个同心圆
众人身上，出现了共时性黑洞

4

哲学把此洞塞进柏拉图的大脑
但此洞非洞，本地皮影戏的三代传人
取出它，弄成笛孔，嵌入蛇身
吹奏前世今生的余音袅袅

5

听戏人，你一直在听的是什么？
方盒子里住着一个大上海
当你推开暗网的落地窗
能否听见花好月圆的唱腔
能否把手机蓝牙的风吹草动
吹得焚香袅袅，如心碎，如玉碎？

6

蝴蝶走丢了鞋子。地质层的鸟爪
和鸟叫声，从考据学头脑里深挖出来
系紧在蝶翅轻飞的鞋带上
千里寻夫的孟姜女途经松江府
沙石路上，沉积亿年的海生物碎壳
怀着海龙王的不忍之心倾撒而下
观世音的天空，静水流深

7

暗夜里，一道斜射过来的手电光
突然直立起来：得丘人，你会不会
沿着这无限延伸的光的解体
穿越自身的时间黑洞，步入星空？

8

天空永远使人心动，永远是
空气和水的净化
听命于心灵的久远净化
煤，听命于人之初的心动
一个男孩用重山复水的老报纸
层层包裹起这颗初心
从高耸的烟囱升了起来

9

神会不会把扫烟囱的男孩
像时间火箭一样发射出去

238

发射到时空大爆炸之前

以便获得光感，重新定义起源

10

扫烟囱的男孩对威廉·布莱克说

大地上，人活得真低，羊群和牛群

反而被春风吹得比鸟群还高

量子男孩则对庄子说：一念去一念来

没任何顾望是重复的、同一道理的

11

一个伦敦人和一个上海人

两个人的小时候一样小

两颗铃铛般的童心碰在一起

发出清远的、薄荷的声音

但父辈一代的听觉已烂醉如酒

12

抽烟的得丘人将肺里的硅雾

抽出来，以宁波接骨木

制作成透雕的、宇宙观的模型

又以乾坤挪移大法，将 50 米烟囱

安装在烟嘴上：对那些戒了烟的人

这意味着什么，得去问邓公

13

秦皇驰道上已无驷马战车

合纵连横，构成了大历史的十字

如今吴淞江以南三条古冈身

和石马湾一带的晚明古墓群

被水稻、口罩、大数据所环绕

14

六圭桥边，小关帝庙的赤兔马

夜里会挣脱刘漆匠的壁画

以双倍光速奔突到肉身之外

然后，睁开带晨露的马眼睛

也不知这些露珠是泪滴，还是水晶石

15

乾隆年的秘密，被明信片制造局

制作成三百年后的某一天

从火星上，逆时空投递到得丘园

少了这一天，所有时间

都不是万古：不如坐进此刻

16

一大群时装女孩的侧影和重影

在烟囱下行走，一齐走向

对折如纸的同一个陌生人

要想引领时尚，就得把观念

穿在身上，让纸慢慢长出布料

慢慢变得骨感和贴身

17

一根光秃秃的烟囱，升空再高
也无法触摸天空本身的极限
雾中之人，眼前既是天涯
一件没了扣子的衣裳随白云起雾
一些不是水的东西在天上流动

18

出现在热供站上空的白云苍狗
无论穿谁的制服，都遵循着
老上海的那份垂范：人在俯仰之上
竖立起一座口碑与史实的方尖碑
冰的手，火的手，相握顿成灰烬

19

词的顿首，付与一个梦的修理工
人类思维的某些零件坏了
得移魂到非物质的灵异声音中

去细听，去分拆，去换一个去处
新人梦，就是在该深挖煤炭的地方
不挖了，改挖神秘的比特币

20

时间银行意味着：所有存进去
是钱的东西，取出来已是山高月小
大月亮，小猫咪
嘴对嘴待在屋顶上
什么也不说，什么也没听见
一个海豚音的花腔女人
路过猫耳朵，按下了静音键

21

在热供站人工智能中心
在光影交错的深焦镜头里
一只纯属直觉的大鸟
是唯一真实的3D上帝
未来考古学，并无时间入口

天使逡巡，进化与开化

在天空深处两相闭环

形成千金散尽的一个浑圆

22

把看似遥不可及的火星风景

造得如在眼前，把光的模型

造得如此之高，如此炫目

得丘人，口吐莲花与星象之时

暗含着丝绸的钢筋铁骨

且看根深蒂固的地心引力

借吹灰之力，如何拔地而起

23

在山水之间，得丘人遇见孔丘

敬他为水，且将水的签名刻成金石

古琴一曲，弹得天下归心

不如明月洗手，不如把手机界面

那些秒逝的、流水哗哗的字节跳动

写成秋风狂草：但谁是高僧怀素

谁又是赵之谦的悠哉父亲？

2021 年 3 月 7 日

圣僧八思巴

1

你三岁时犯下的一个善的错误，

十岁时，深坐于考古学的天空，

八百年后，被直觉的核弹击中。

　　一枚核弹不可能从善的前提

与后设，退出秋水蓝天。

装饰性的废墟，在深掘之下，

错的与对的，都将变成无意识。

但这意识形态的娄子捅得也太大了。

物权与神权的一堆麻烦，

　　将缠住你，哦尊贵的八思巴。

转世把你从死后世界夺回，

不朽是唯一多余的东西，

永生者，简直生不如死。
万物因显微作用起了裂变，
任由原子论和实在论，
在牛羊身上，形成人群和风暴。

2

那是你吗：萨顿高僧的明月前身，
从时间修辞的吸星大法，
弃绝而出，将圣迹抖落在地，
回看时，人已在千年之外。
前世投向余生的恍然一瞥，
含有游牧时代的种种延宕，
心与物，死后仍待在一起，

　　这天荒地老的人之初啊。
一个或不足一个的八思巴，
不必改变本心，已是一身万化，
一刹那，换来万古的自相抵消。
如是，你拿整个星空为忽必烈灌顶，
为十三世纪的蒙古声音造字，
为大元帝都选址北京。

但你见过太平洋海底的一只白鲸吗？

你统领过一支骑马的海军吗？

3

塔影幢幢的眼中异象，

经不起佛的一声叹息。

而我，隐身于二十一世纪的算法深处，

听八思巴对忽必烈讲授佛法：

开端一句，说的是世俗藏语，

中间换成了僧侣用的藏语，

结束时，混用另外两三种语言——

比如梵语，萨迦派的秘语，

比如，其他星球的手语。

这些极寒带的古代悬言，

无声无息，却言说久远。

我不在意忽必烈能否听见。

对所有不加区分的心与耳，

佛本人，是否一直在深听。

望着比积雪还要沉默的祁连山，

我有点把新月的暗伤，

与白塔寺的秋风经卷弄混了。
若是你生前没读过量子论，
　　容我替你手抄一遍。

4

在沙弥戒和比丘戒之间，
八思巴梦回儿时的卧象山。
象鼻天神托举起八思巴之父，
对他说：从须弥山上俯视西土，
目之所及，皆是你儿子的领地。
　　一头大象，即使平躺下来，
也是一座山：生理衍化为地理。
战争，从不解释武器之轻，
仅凭帝力维持不了想象力，
　　军团步伐，未必走得比丝绸远。
风过处，起了斑斑虫迹，
岁月的思绪竟如此绵绵不绝。
高原是辽阔的，天空是蔚蓝的，
反而使斗转星移变得迟慢。
　　佛，提着刚挤出的马奶，

落在荒原狼的头狼身后：马头琴

一直这么忧郁，但安慰了牧羊女。

梦见沙漠的人，浑身都是金羊毛。

5

萨迦班智达和西凉王阔端，

皆以剩身入土，将西域心象

递解为本地事物的大幻化。

云泥双身从众树的阴凉

走到烈日下，合起八千经卷。

　　仅凭不类物象，八思巴

立身于远见中，与佛之舍身对视。

你不必对后人说"我是八思巴"，

定都北京，也是齐物等身的事。

十岁时，你出后藏而入西凉，

细察白雪皑皑的火山灰，

将肉身静伏于丝绸般的大地。

十二岁，你初到武威，已是

　　或将是某个待召的赤子吗？

对极小的可能提出尽可能大的要求，

这构成了最深沉的不可能。

6

在六盘山，八思巴进谏忽必烈：
不要创新地去过已经过过的日子，
也不要在下跪之下、最高虚构之上，

　　理解恶的固有。将军们
盘点战利品时，没把木星算进去。
马刀倥偬，骑者无暇与隐者
互换快意恩仇：但是，连云的幼兽，
不也听命于道德心手的调度吗？
混迹于本教戒佛令的蒙面人，
私底下将成吉思汗的戒酒令，
看作醉停飞鸟的天人之醉，
鸟影，留给日日狂饮的窝阔台汗。

　　六十五岁时，西凉王阔端
也醉死了自己。大札撒，
将拴马的笼头套在骆驼头上。
成吉思汗的第四条遗言秘而不传。

7

万世羔羊，待宰时，静如待产。
天空牧场，鲸鱼死而彗星出，
马蹄已尽可能高地碰到了鹰翅。

    八思巴远道而来，手里的碗
捧远些是云，捧得近身是泥做的。
人羊分食的同一只碗啊，
一回神，已被佛的嘴唇触碰。
天在漏水，也不知统治者治水，
是听从雷霆，还是心的工程？

    金汁在笔的残山剩水，
在经文和格言里掺入了沙砾，
谈吐之间，咯嘣咯嘣的。
念更多的六字真言就会有
更多的现实，而我们，该如何对待

    这从古至今的黯然神伤？
我们的继承没任何遗言在先。

8

一路见树无花，口传口的历史，
将刀笔的事付与铁马木流。
一只羊，变成猛虎时起了慈悲心，
但变身为人，十万卷羊皮书
也不够它变：除非离身成佛。
肉身是第二自然，而非变化起因。
一即二的花教，一呼一吸，
对所有不成铁的花儿，
不开不谢，不予细嗅。
吐蕃僧侣，总得有个坐处，
　　但并非坐下来就虹霓绕身。
鲸鱼没学会在夜空中发光，
粒子，深隐于豹纹之条理。
佛学不碰相对论，不代表佛陀
　　不被爱因斯坦所梦见。
火星之所以不按照水星的轨迹
移动，是因为八思巴在静观它。

9

我更愿意听八思巴谈五明三藏，

而非忽必烈的骑术与箭法。

对万箭穿心的异教徒

动手脚，实属渎神之举。

八思巴，为蒙古帝国造字吧，

识字和写字，符合游牧天性中

　　更为深远的在地形式。

无论蒙古草原有多么辽阔，

定居下来，坐论农桑，

是西域一带汉族人的选择。

大地上还有多少单季稻的念想，

　　没转化成鸟群和人口增长？

这么一颗寸心悬在浩渺宇宙中，

是多么小、多么奇妙的恩典，

无常本身又是多么无止境。

心即初月，不知何所起？

10

灵童八思巴途经二十一世纪时，

将十三世纪的雨滴和泪滴，

存留在老人萨迦班智达眼里，

没那么黏稠，仅有稀薄的镜像。

　　此刻，我在古凉州穿街走巷，

走，被反过来走：落日足以深埋。

你也在行走，但双腿已不在手上。

更远处，一匹马突然出现。

或许山地越野车能把你

驶出蒙古帝国的茫茫草原。

　　但四轮驱动中的两个轮子

必须卸掉：大道青天，太高傲了，

任由忽必烈兀自独步，连必死

也配不上他的垂死和疯狂。

而在薄冰似的空气与醉氧之间，

　　八思巴真的存在过吗？

11

分身十万的八思巴无非是
飞锡恒沙的众身合一。
莲花在天，不必将落座之人
看得太真切，太逼仄。
天地有大美而不受小我约束，
浮世人亦非佛骨所埋，
部分暂坐，部分如船行天上。
西域想象，于我是闭目内视，
于八思巴是枯坐太空舱，
不显山，不露水：若非旧我翻新，
岂非佛的条形码在天边外一闪。

　　出够了太阳，天开始下雪。
接听手机时，我总能听到
一些融化的声音：比如风声，
比如念诵无上咒的声音，
比如右耳的经筒在左手转动。
但谁会在十三世纪给我打电话呢？

　　如是，在一个更为缜密的推算中，
我是被八思巴虚构出来的。

12

从兰州到武威，车过乌鞘岭。

西土不是有马就能骑到远方的。

　　一个十三世纪的西藏僧侣，

会在二十一世纪的人群中现身吗？

再迷人的天空牧场，怀古之人

也不会去碰一架羽毛做的竖琴，

寂静，历经多少石佛的深听，

还是未听的样子，还是重山复水。

神秘半月如一小片薄荷，

　　含化在一块石头的嘴里。

幽灵打动人间，是因为旧我

被新我认出时新鲜生动。

每个人身上都留有待召亡灵的

寻迹法：圣者，耳垂边的灰烬，

小心翼翼地升了起来，准许众生

在八思巴以外的声音里坐下，

　　受到死后生活的天上教育。

昨日我途经乌鞘岭，与八思巴

擦身而过，可这一切不过是闪存。

13

在博物馆，玻璃后面的八思巴，
没有金身，但有悬诗和圣地转移，
　　　与真实世界保持着
驾鹤而去的礼节性间距。
所有语音提示都是梦幻式的，
　　　提醒梦外游客：鹤止步。
在算法的界面上，考古与仿古
不停地切换真身和插孔之身。
拔掉插头：这或许是个史诗般的决定。
肯定有某种难以释梦的东西，
使蝴蝶飞起时是一只孔雀。
橱窗里已无袈裟，并不意味着
　　　佛，要为西服或运动服代言。
人类不知道八思巴的精神形态
是什么，而物质形态之优雅，
所维系的不过是佛骨在枯枝上
被折断了，霎时天上大风。

2021 年 8 月 12 日

待在古层

1

如是，远古桀纣生来就注定
坐在君王龙椅上，十个尧舜，
也不够韩非子倏忽一梦。
编程员对时序推移动了春心，
令神女生涯之深究，徒生奈何。
衬衣穿在风衣外，少了一粒扣子，
渐渐有了寒意，众神皆辞避，
物亦避之：暗忖，何以阐明？
驱魔人在水边独自祓禊。
古层坐处，诸多废除与沉疴，
反因生机勃勃的矛盾而划一。
小是矛盾的，因为小是大的。

况且那执拗的、问斩的话，

死者代我们说了：心，何其攸关！

不显山，不露水，不古也不今，

无意识状如苇芽，因萌腾之肉身

而抽丝，于岩石之上长出苔藓。

佛眼未必是盲人的过眼人，

令使徒的近身不可逼视。

2

上古一梦，不让土星呼魂

掺和进来：在陶罐的纹饰表层，

日晒与淬火各自引导了什么？

给古物开花上釉，花的开法，

解决不了想象力的分层问题。

真瓷与看上去像瓷的东西，

两者之间那道并非提线的界限，

亦非邃古之初的越界所是。

蓬门荜户，有几个小儿蒙童，

瞎嚷嚷要与观星象的人比眼力。

如是，帝座上坐着一个普通人，

既非圣贤亦非寡君，而书生们
坐进昆仑玉：无论哪个朝代，
鸠摩罗什都是受邀者，端坐在
莲花众口的召集和换骨之中。
刺客藏身于黑暗，呆若木鸡。
使徒啊，你也得服从这罔无，
人有九死，你获准取得一死。

3

一个突厥人遇上汉译哈姆雷特，
台词这么少，又怎么托梦莎翁，
求他在蒙古秘史的字里行间，
辨认忽必烈：羊群在撒马尔罕
低头吃草。成吉思汗从身边女人，
嗅出了荒魂天涯，对哲别狂吼：
你能把这该死的箭射得远点吗？
众窍关闭处，那混沌一团的原力，
若是升华而不坍塌，就得沉入
白骨累累的古层底部：镜头
移出星空，也没出现上帝视角。

西域美人的玉臂，端的有
小虫子飞来，停了一小会儿，
玉叮出了血。而不周之风
掉头吹向众山之外的昆仑山，
非得从地表吹去一层皮肤。
古地理，其心法难以解释，
瓣鳃纲和腹足纲的生物贝壳，
在泥塑的天空下，涂抹，沉积。

4

起风了，先父犹在阁楼上，
惊魂一问，亡儿答应了一声。
然后是一百年的耳背：所敲之门，
无声无息，开的不如关闭的多。
不是挂影的声音何以注疏，
一狠心，大悲咒也念唱做打，
处处闪烁着触目的小匠心，
且为每一处远景都配置了
取景框。老戏骨一身轻功，
看上去像是微物之末的初雪。

攻打金门的江南步兵头一遭见海，
暗想，谁在海里放了这么多盐！
因为弱的存在，强引力
成了反诘的、环绕状的强斥力。
以天人五衰，黑客竟恣意腾挪，
不计较，不消弭，这木刻的光芒。
考据气息，被小资公关的泡沫，
吹得如一个星体那么大。

5

怎么才能让史前恐龙的脊椎，
垂天横布，舒展无器官的本体？
怎么把一记虚晃的重拳，
用尽洪荒之力，砸在废墟上？
对于伤害马眼睛的人，是杖责，
还是施以鞭刑：这近乎大札撒
将一部中世纪法典，从抒情
转向现代性的两难之举。别把
点击流量夹带到古籍里充数，
别以为，手抄经书的错字，

会以印刷体方式得到纠正。
坐在废字身上，听船山先生
讲授心法，而不跳出古事，
会不会空身无人，反与太史公
借身错过？问天，不如问山鬼。

6

转述疑义丛生的世事更迭，
而不掺半句虚言，并非转述者
与听者的连带被一刀剪断，
并非向死深听：腹语绵绵不绝。
狂风吹动内听与远听的稻浪，
你能感觉稻浪之下的地层，
有一群困兽，因剧痛而发怒。
难忍的痛，会毁了神的孕育，
会把心智殖民看作遗腹子，
在胎儿头脑里塞满异象。
莫名怪念，以及剧毒的蘑菇，
会在删述之余，长出骨刺与虫眼，
以鬼魅天听的七弦琴，拂去众鸟，

但留下抽身贴心的飞翔。

整日待在热搜上的滚石耳朵，

忽听古音律吕，顿觉冷风飕飕。

广陵散旷世一弹，神也伤心。

7

一千年前，庶人眼里的佛之所是，

早先是六朝，如今连北宋也不是。

乡绅们带着荆国公的青苗计划，

坐进种田人的秋水蓝天，

入冬后，新月依然蹲而不起。

这是否意味着，庄子身上有一个

连他自己也不是，但曾经是

别人的某人：或许圣人不过是

一只蝴蝶的变容和更多的泛身？

把书搬到一座火山上去重写，

把早已熟读和深读，但至今

未写的积欠，算在抄经人头上。

仁慈与愤怒，两种力量的反噬，

分开比合一更痛，也更加尖锐。

机器哈姆雷特，已没什么配得上
去死：今生之契阔，已非往昔。

8

一尊异域小化佛自周身迷雾
欠身坐起，坐失圣地转移之远。
蒙尘日久的凌波微步，把众山
走到水面上，走丢了天上大风。
只需穿上一件起球的旧毛衣，
天大的事也不过是羊群贴身的
羞涩之举，以时间黑洞穿过针眼。
必死走到未老前面去了，那么，
现在到底何在？纳米人以小变小，
但往大处着眼，不见沧桑众生。
肯定有某种难以解释的幻化力，
使一个今人同时也是千年前的
古人，看着自己的分身慢慢变化。
但以铜牛之身变不出金羊毛。
那些终有一宰的小羊羔排着长队，
数着母亲，投生前能空出几个肚子。

9

现世报与泛灰的行星足迹
擦身而过，头，悬垂于轮下，
又更远、更隐秘地从垂头之下，
将一颗人头扭向无头的幻兽。
十万个为什么也随之扭向
怎么办：龙抬头，人怎么办？
念兹在兹，无一念不毗连众念，
想想看这无挂碍的一意孤行，
在豹子胆里有多盈余，多浪漫！
老先生的飘飘白发顺着虎须
往灵修处捋，会带出些浮尘，
会蒙绕词的通天柱长出骨骸，
会对无限多构成一的约束。
古层之外，夕阳起了红斑疹，
片刻雪花消融了几片薄唇，
爱与死，抹去词和肉身的泡沫。

10

预言应验之后，孔子担心子贡
变得多言。谲谏之舌，吾道穷矣。
先生垂泪，西狩之行日显苍茫，
诗亡早于王者之迹熄，但晚于
《春秋》，这幽深简洁的获麟史笔。
绝笔在天，孔子仔细察看了麟，
这无人能识的仁兽：非中国之兽。
人瞳深入兽瞳，不过是鬼神在暗觑。
荷马因海兽涌动的大海而失明，
维吉尔的海，史诗般的鲨鱼编队，
航母生下了这片不育的海。
远古时地产丰饶，人不知航船。
几乎觉察不到船行丘壑的迹象，
如是，庄子背负木舟，行走于
群山万壑，最后的去处成谜。
人处处抄近路，而天堂越来越远。

2021 年 11 月 11 日

六十之后

1

古人对"六十岁"的理解与感悟，可以引申出某些观念。在中国，无人不知孔子所说的"六十而耳顺"。这里的"耳顺"就是关于六十岁的一个缩略、一个观念，而非生理描述。中国人以"十年一变"作为生命递归的刻度，据此，孔子才会断言"三十而立，四十不惑，五十而知天命，六十而耳顺，七十而从心所欲，不逾矩"。

古希腊的早期哀歌诗人，则依据更为古老的观念里的"数字7"，以七年为期划分生命的不同阶段。古希腊"七贤人"之一的著名哀歌诗人梭伦，以此为主旨写过一首诗，对生命的十个"七年"做出了诗的命名与界定。言及第九个"七年期"（六十上下）时，他是这么写的：

> 到人生的第九阶段，他的力量已经衰减，
> 而语言与技能成为他更加卓越的明证。

在这里，生理的"衰减"与精神的"更加卓越"，共同构成了关于"六十岁"的见证观念。梭伦同时代的另一位哀歌大诗人弥涅墨斯，也写到过六十岁：

> 我愿自己不为疾病和心碎所困扰，
> 在六十岁那年安然辞世。

在这两行传世的哀歌对句中，弥涅墨斯将"六十岁"处理为生命的形而上终结。对此，梭伦写了下列诗行予以"纠正"：

> ⋯⋯温柔的歌手呵，
> 如果你倾听这样的曲调，当会改弦易张：
> "但愿我能在八十岁那年安然辞世。"

这两个差不多同时代的古希腊哀歌诗人，其写作

的鼎盛期介于荷马与品达之间：晚于荷马两百多年，早于品达一百来年。梭伦在上述诗行中以八十岁"纠正"弥涅墨斯提出的六十岁，此一纠正并非针对写作生涯，而是泛指自己的政治生命：梭伦兼具诗人和政治家的双重身份，是位高权重的雅典首席执政官。希腊哀歌的源头——诗人阿基洛库斯和卡里努斯，将《荷马史诗》的现成词汇直接引入自己的哀歌创作，采取这样的修辞策略，显而易见降低了写作的难度。弥涅墨斯同样也使用荷马的史诗词汇，但他的不同之处在于：以观念的"六十辞世"，对《荷马史诗》将战争时代的老年界定为"活死人"的半神伦理，做出了折返点式的改写。他这么做，在哀歌写作的认知层面，更多地借助想象力而非智力，在修辞层面则引入了"晦暗的预兆"：

> 这晦暗的预兆让心灵为之疲惫，
>> 几乎要夺走眼前的光明和欢乐。
> 这预兆惊扰了少男少女们的幻梦，
>> 或许是神明的旨意，才有了这命中注定的烦恼。

这里的"预兆"，至少在两个方向上是做了加密处理的：其一，从荷马的史诗写作转向弥涅墨斯本人的哀歌写作这一方向上；其二，从哀歌写作到一百年之后品达的颂歌写作，这么一个尚未到来的、先知般预留的方向上。我的假定是，若无此一"六十岁"的观念性植入，弥涅墨斯的"预兆"就不会上升为涉及诗学之变的某种加密之举，以及随之而来的解密之举。品达接受了前辈诗人这份带有晦暗预兆的礼物，并从中创作出眼界开阔、格调高古、抵达巅峰的造极之诗。

2

那么，现代性又是怎样对待"六十岁"的呢？退休。当然，在当下中国，现代性本身并不是齐刷刷一刀切的东西，而是略有差别：比如，女士们，退休时限要比先生们的早五年，副部级比厅级以下晚三年退休，二级教授相比三级教授也推迟了三年退休。想一想吧，后现代主义的一个著名口号：维护差异性。（似乎可以加上一句：赞美这差异性吧！）我的理解是，现代性的解决方案，将"六十岁"界定为某种既非生理亦非观念、纯属统计学范畴的东西。出现在"后六十"退休人群身上的消极活法，带有某种"余生"的症候，似乎每一天都是余生第一日。与之配套的是慢跑和太极拳，养花与棋牌乐，老干部体书法与老干部体诗词，还有摄影：对着单反镜头里的种种影像，轻若烟云地按下快门。总之，六十岁以前你的一切，一夜之间全都戛然而止，好像六十之前的所有日子不是你在过，而是另有一人替你过。现代性仁慈地、大彻大悟地说：手松开就什么都好点。

此一现代性方案，含有一种至暗时刻之残酷：一切到此为止——工作，权力，责任，成就，奉献。凡六十之后还能延续的东西，一概不予考虑，至少不在体制框架内予以考虑和落实。当然，你可以移到方案之外、体制之外去延伸，去接续，但多少有些神经兮兮，欠缺合法性、连续性、说服力。

3

要进入观念的六十，你得真的先活到六十，把六十之前的问题消解掉，扔掉，或悬置起来。境况种种：稻粱谋，虚荣，力比多，乌托邦冲动，励志，所有这些加起来构成了总体意识的"六十之前"。假设你是一位建筑师，六十之前该盖的、不得不盖的房子，在大地上已经盖完了，盖够了，六十之后还盖吗？将一座不到六十不会去构想、不会去建造的房子，形而上的、思想的、你用以定义和把握建筑灵魂的、纯属范畴的房子，盖在头脑里？假设这个头脑里的房子被盖成一间书房，假设六十之后的某个作家、某个诗人、某个人文教授坐在书桌前，他读完了所有该读的、不该读的、可读可不读的书，写尽了天下文章，专业头衔、创作奖项、学术奖项也铺天盖地落在他头上：面对这一切，他会不会生发出一种莫名的、深刻的、清风盈握的、悠悠万古的厌倦？意义何在，魂兮何在？明月添愁啊。但明月何在？

4

出口何在？六十之前的那条命似乎已活到尽头，你有没有准备好活到六十之外、尽头之外、命之外？不然呢？你活得像个半人（另外一半是神？），活得如

274

此顺遂、雅痞、盈虚、优越，可以完全凭惯性活在世上，可以令各种假睡和死后目光落在身上顿成蝴蝶粉末。这不仅仅是房子的盖法、文章的写法、诗的读法、芭蕾的跳法、钢琴的弹法、草书的笔法和墨法、金钱的赚法和花法、影视的拍法，诸如此类的问题。这是"活法"问题：它超出了现代性方案，超出了作为他者对等物的那个自我（剩下的自我是孤零零的，没了他者），超出了降解的、递归的历史（只剩前史和超历史）。换句话说，亡灵来到了你身上：来自三百年后、一千年后，来自别的种子、别的黑暗、别的星球。六十之后，你还要继续写作，就得学会与自己的亡灵打交道。这个亡灵没准比你还年轻，他周游大千世界一遭，又回到一息尚存的你本人（也是他本人）身上。博尔赫斯晚年失明，是否因为他借助灵视偷看了自己的亡魂一眼？贝多芬听见自己耳里的亡者声音，所以耳朵聋了？六十之后，我们这代写作者，各自的亡灵意味着什么？

5

归去来兮：欢迎来到实在论废墟。杜尚之后的康德在某处坐等你的到来。尼采先用晚期瓦格纳的帕西法尔虚构了你的六十岁，又用都灵的马将余生第二日（而非第一日）偷换出来，偷换成"一脸大海掉头而去"的、抱头痛哭的"无头时间"。瞎了眼的诗人弥尔顿，以他自己的、几乎是半个野蛮人的上帝，在盯着你。同样瞎眼的博尔赫斯，带着国家图书馆长的、圆形废墟的目光，不失礼貌但略显嘲讽地打量你，以梦幻般的语气对你说：二元论是对眼产生的斜视。你已经置身于六十之后的世界。你听到的一切，看见的一切，梦见的一切，感觉和受取的一切，你的狂喜，你的忧郁，你的无意识，你的屈尊，你的超然，你的容错，你的放下，全都盖下一个神的印玺：六十之后。

显而易见，出现了某个折返点。

6

就写作进程而言，老欧洲经历了从旧约写作到新约写作的"范式之变"，但不同的作家、诗人、思想家，从这个范式之变中提取出来的每个人自己的"六十之后"又大不相同。比如，尼采提取出"上帝死了"，作为从旧约写作到新约写作的折返点。叶芝六十之变的折返点在诗歌之外：他写了神秘主义的、带有唯灵论研究性质的《灵视》（又译《幻象》）。其实叶芝更具决定性的折返点在此前就隐约出现了，我指的是，1908 年，或 1904－1906 年的庞德。庞德将叶芝本人的"六十之后"提前递给叶芝，改变了他早期诗歌中那种偏甜的、偏软的抒情腔调，且动摇了他灵魂深处的贵族立场。庞德本人六十岁那年在一个关猛兽的铁笼子里，被美军关了五十多天，他以为自己难逃一死，于是动手脚打开自己头脑里的杂货铺与图书馆，写下百科全书式的《比萨诗章》。六十岁，简直就是一个装置，围绕"等着枪决"所扩散开来的暗念与灵氛，构成了专属庞德一个人的折返点。这个写作折返点，既没有设定在老欧洲的旧约写作与新约写作之间，也没有设定在新世界的为艺术而艺术的写作与民主写作之间。但如何理解庞德，超出了本文的范围，姑且撇下不谈。

7

如何界定折返点呢？此一界定，本身不是针对具象和本事的，而是对具象、对本事的提取。但在提取之上，作为观念的"六十之后"，又被放回具体的历史语境，放回写作背后的本事与迹象，搁在了每个人的"六十之前"。比如，"现代性"构成了为数众多的中国现当代作家、诗人、批评家的总括性折返点，这是一个基座的、方尖碑式的折返点。丝毫不夸张地说，没有现代性，很多中国作家的写作将会即刻坍塌，整个作废。现代性是西方世界的礼物，它带给中国现当代文学某种共时性的、全球视野的、抵抗与质疑兼而有之的东西，但现代性本身并非天注定的、自然天成的，而是人为建构的：无论它是一个启示、一个折返点、一个范畴，还是别的什么。对于我本人的写作进程而言，现代性更像是我二十五岁（按照 T.

278

S. 艾略特的界定）的产物，而与我"六十之后"写作的关联，似乎越来越抽象、稀疏。无疑，在我所处的这个时代，中国文学从现代性获得了某种速成性质、存量性质的立场，方法，向度，趣味，能量，准则。进入现代性，就意味着获准进入了二十世纪的文学写作现场。我的理解是，现代性作为文学写作的集体折返点，首先是某种"限定"：政治无意识的，地缘政治的，词汇表的，跨语际的。

8

说得更直接、更具体一些，"二战"之后，以现代性和理性之名，对文学写作施加的种种政治正确的、规则与范畴的、风格与趣味的、价值判断的重大限定，一向是胜利者的限定：写什么，怎么写，读什么，怎么读。中国作家、诗人和学者，应该不会忘记美国最重要的当代思想家詹明信的一个断言：中国小说家要想获得世界性影响，写作上只有一个选择——写寓言小说。注意，这可不是根植于西方傲慢的绝对命令，这是基于根深蒂固的现代性限定的、对中国作家的善意提醒。但是，此中暗含了对作者（中国作家）、读者（西方）主体身份的双重认证与区隔。说得直白一点，中国现当代作家命中注定被分配和限定了，只能这么写。

但是否存在超出这个限定的写作呢？或许吧。这个问题不仅关乎中文的母语写作，也涉及多语种翻译、跨国出版和销售市场、批评认定、交流与传播等深度扩展问题。"现代性限定"本身，不仅对中国文学的当代写作是个问题，对欧美作家和诗人的写作又何尝不是个划时代的大问题？原因很简单，《圣经》《荷马史诗》与品达颂诗，但丁、莎士比亚、托尔斯泰的经典作品，全属于超出现代性限定的写作。处于现代性限定下的当代写作，与超乎限定之外的广阔写作如何勾连，如何匹配，如何竞争，如何对话，如何融会？这无疑是个大问题。米沃什晚年曾在芝加哥一间书店与读者见面，他开诚布公地表明：我本人的写作，既得力于来自现代性的暗指与限定，也被它连带的政治圈套给毁了，不然我也不会所知、所思、所感皆超越莎士比亚，智力与禀赋也不低于他，却写不出莎翁那样的伟大作品。

9

维柯在《新科学》一书中，将西方文学进程分为神权、贵族、民主三个循环阶段。按照这一总体划分，从旧约写作到新约写作的转轨之变，可以将神权阶段与贵族阶段方便地纳入其内，但民主写作阶段则不在此列。旧约写作的代表人物是"作者J"与荷马，但丁、莎士比亚、歌德则是新约写作的巨匠。弥尔顿夹在两者之间，他的《失乐园》属于带有典型的斯宾格勒所指"假晶现象"的作品：看上去是新约写作，其实更多是旧约性质的。歌德的长诗巨作《浮士德》在深处也含有类似的假晶特质：长诗的第一部基本上可以归之为旧约、新约的混写之作，但真正伟大的第二部，则无疑属于民主写作。这个分裂深具启示性。歌德很幸运地活到八十三岁，使得他持续一生的《浮士德》写作，能够经历二十五岁与六十岁这么两个阶段。对歌德来说，六十之后的折返点，不仅是个观念问题，也是文本内部的写法之变的技艺进化问题。歌德之后，民主阶段的文学巨匠有卡夫卡、庞德、艾略特，但他们的主要写作介于"一战"到"二战"之间，属于新约写作转变为民主写作的过渡阶段。"现代性限定"作为写作折返点已隐约出现，但影响力并非决定性的，真正的文学巨匠（包括现代主义流派的文学大师）凭一己之力尚可扭转乾坤，不搭理所谓的现代性限定，而写出传世之作。但"二战"之后，西方世界的"现代性限定"成为普世的、战胜者的东西，文学被完全纳入民主写作的总体框架。问题是，政治正义的逻辑不可能简单地为文学逻辑所照搬、所仿写，人们或许可以票选出民选总统，但绝无可能一人一票选举出伟大的作家与诗人。呵呵，连上帝也不是投票选出的。

10

内嵌于写作之境的现代性限定，是序列性的、范畴的、结构性的、不可规避的。问题和答案、规则和标准，都已预先设定好了。但难道所有人的写作一定得这么写下去，一定得顺着这么一条布满"规定动作"的路走下去吗？对于二十五岁的写作，这没问题；但六十之后还这么写，你就没觉察到厌倦吗，你就写不腻味吗，丝毫没失落感与挫败感吗？完完全全对现代性限定视而不见，完完全全听命于此一限定，你也真够"我执"、真够普适、真够匹配平庸之善的。但你考虑过如何领悟、如何处理、如何配得上"极善"吗？现代性限定和你的写作之匹配，已经构成了无处可逃的自动匹配、标准匹配、算法匹配，大到对一场战争（无论是科索沃之战还是俄乌战争）的看法，小到出门戴不戴口罩、用苹果手机还是用华为手机，所有选项都不可思议地、奇遇般地与"现代性限定"暗合。换句话说，这个限定不光在写作范畴起作用，它已经溢出写作之外。世界何其之大，但又小得无非是一个观念，一个限定。

11

六十之后，写作者在写作之外能得到什么、得不到什么，大体已尘埃落定。那么，驱使作家和诗人六十之后继续写下去的缘由、挑战、凝望，其内驱力、定神之力和呼魂之力，一定来自写作深处，关乎写作本身。不然何苦？难不成你还在用写作做加法：意识形态的、心智殖民的、算法或认命的、喝彩与领赏的加法？而加法终端，写作是否趋向于更多？这个"更多"究竟是什么？对于更多，旧约写作和新约写作各自都想得很透彻：前者认定"更多"是大写的一，是上帝；后者则认为"更多"意味着宗教体制的、生成性的三位一体，它不是耶和华，而是其代理人基督。莎翁也理解得很透彻：做更多，关于什么也没有。那么，民主阶段的这个"更多"到底是什么呢：是选票，是资本，是核扩散，是精神分裂？所有这些"更多"，压缩之后，变成形式与符号之后，升华为时代精神之后，能否构成民主写作的总的折返点？

12

前文提及的现代性退休方案，似乎也可以看作如何处理"更多"的方案。人活到六十，经历更多，绩效更多，权力更多，虚空与实利、浩渺与沧桑也更多。然后呢？大海退去，余生到来：请君按下退出"更多"的按键。现代性限定，就是这么对待更多的：一直积累，越来越多，然后总的清零。但我的理解是，如何对待更多，其实还有别的方案、别的定义、别的转圜。仅举两例。其一，作为一种哲学立场、一种审美规则、一种生活方式，极简主义的方案是："少就是多。"第二例，将"更多"置于已有与未有、已知与未知之间，予以悬置，这个应对方案所包含的观念与认知，可以简化为两个要点：在已有之物上增加任何一物，实际上是取消此物；在未知上增加某个已知，意味着神秘地抹去这个已知。第二例是个略显晦涩的方案，它针对的是现代性逻辑（尤其是资本逻辑与核扩散现象）必然导致的"更多"所颁布的一道绝对禁令，其基本判定是：未知，以及未有，作为超出现代性限定之外的折返点，给予人的最微小的添笔、添言，都会造成败笔冗言，而且败笔冗言会以二次方熵增。

13

两年前，我写过一首至今没公开发表的短诗《瓦格纳能上热搜吗？》。直到写这篇短文，谈及六十之后、折返点、现代性方案与限定、更多与熵增等问题时，我才发觉这首即兴之诗，已隐约提出并试着处理折返于"限定与更多"之间的折返点问题。这不仅涉及瓦格纳本人的生命阶段及由他连带出来的音乐史进程的时间之变问题，也涉及事件现场移位的问题、空间之变的问题。限定也罢，更多也罢，它们一旦与热搜、抖音、快手有了勾连，就会构成新的"折返点"：资本的（熵增的），众人的（粉丝的），民意的（舆论消费的）。当然，我们不能只在热搜的本义层面谈论热搜，否则它就不是一个范畴：病毒扩散的、核扩散式的"暗喻范畴"。二十世纪七十年代，安迪·沃霍尔曾断言"每个人都有机会在历史上出名十五分钟"，这简直就是神预言，提前为热搜时代的到来做免费的暖场广告。还有极冷门的纽约作曲家约翰·凯奇，他写了一首题为《四分三十三秒》的钢琴曲，连一个音符也没有，他不仅以"少到全无"的方式干掉了"更多"，还反过来将音乐扩散到非音乐：把音乐从内部清零的声音，扩散到音乐之外的所有声音。至于瓦格纳能不能上热搜，这样的反讽问题，在中国我找不到人深入讨论（瓦格纳迷除外），或许我该去请教一下尼采先生。尼采与瓦格纳的交往，构成了他二十五岁写作的基础（他在写给瓦格纳的信中称之为德国语文学基础），但晚期尼采，成了特别激进的瓦格纳之敌。从二十五岁到六十之后，折返之间，尼采的思想之变、写作之变，该如何提取，如何指认？尼采认为瓦格纳神话深处藏着一个反瓦格纳，这个反词构成的瓦格纳，是否意味着尼采思想的深刻折返点？尼采说"上帝死了"，并断言，"瓦格纳神话"无非是一个替代品，一个冒牌的二手上帝而已。

14

　　中国作家和文人，几乎没有人听瓦格纳的音乐。这与欧洲作家和学者无人不听瓦格纳，构成了相当刺目的对比。按照"二战"胜利者的划分，瓦格纳音乐无疑是大右派的音乐，但为什么战后欧洲的左翼知识分子偏偏就听、就认、就痴迷、就深深思考瓦格纳，这里面有什么玄机？阿兰·巴迪欧写了一本小书《瓦格纳五讲》（中译本已出版），从哲学、政治学、精神症候等诸多层面，交错讨论瓦格纳的伟大，他的设问是：问题在于它是哪一种伟大？我读德吕纳写的《瓦格纳传》，得知他十七岁时曾将贝多芬晚期弦乐四重奏之一的作品第 127 号及第三交响曲和第九交响曲的总谱，分别抄写了一遍。其中第九交响曲比较特殊，他对此不是简单的抄写，而是将交响总谱改编为钢琴谱，这是创造性的媒介转移：从大型管弦乐队转移到一架钢琴上。瓦格纳以对贝多芬的抄写和改写，在十七岁时提前完成了步入"二十五岁写作"的成人礼。有意思的是，他的"六十岁"因歌剧《尼伯龙根的指环》漫无边际的创作而一再延宕，他唯一称得上"六十之后"的作品《帕西法尔》迟至六十九岁才写成，离他去世仅一年。折返点为什么出现得如此迟缓？或许有两个原因。其一，瓦格纳序列歌剧的实质是混杂的、广阔浩瀚的半音革命，演唱时难度惊人，瓦格纳不得不等待能够胜任他的唱法的新一代歌手出现，创作本身也因之而推迟。其二，瓦格纳《帕西法尔》之前的所有作品都属于那种以一己之力和整个世界掀桌子、和纯音乐对着干的东西，除了晚期贝多芬，他与任何作曲流派、与整个音乐史基本没有关联。我的理解是，不在历史参照体系中，折返点是很难出现的。创作《帕西法尔》时，瓦格纳终于得以和音乐史相关联，不仅深通欧洲音乐，而且与阿拉伯音乐、亚洲音乐都有着乐理上的、曲风和素材上的多重关联。

15

与瓦格纳相反，只活了五十八岁的贝多芬，其"六十之后"被提前提取。奇特的是，出现在贝多芬晚期创作中的折返点竟然是他的耳聋。六十与耳聋，两者皆是观念。第九交响曲，六首晚期弦乐四重奏，以及最后五首钢琴奏鸣曲，皆是耳聋之作：不再写给耳朵听，而是放置到高度提纯的、缩略过的、仅剩下音乐原理的人类认知深处，放置到听不见的地方，去内听，去反听。耳聋这个折返点，对别的作曲家无疑是灾变，但对贝多芬则是神恩，伟大的贝多芬也配得上神的耳聋！最后五首钢琴奏鸣曲之一的作品106号，第四乐章表达了极为深邃繁复的赋格思想，演奏之难有如登顶珠峰，我还记得格伦·古尔德为弹奏出此曲的思想线索，竟塞住了自己的耳朵。据说因过度练习作品106号而弹废双手的钢琴家不在少数。我知道，唱废嗓子的瓦格纳男高音也不少，这两个德国音乐天才可真够狠的。

16

谈起音乐我未免有些絮叨。像贝多芬、瓦格纳这样的作曲家，他们与演奏家、歌唱家的特殊关联，有时是宿命般的、隔世的。对于歌剧演员，"瓦格纳男高音""瓦格纳女高音"是限定性的专有称谓：用普契尼和威尔第歌剧的唱法是唱不了瓦格纳的。所以瓦格纳作曲，只能等大音域的、宣叙调的、半音本质的"瓦格纳高音歌手"的出现。现代钢琴（锤子键钢琴）的出现，则催生了贝多芬最伟大的奏鸣曲作品106号。换句话说，冥冥之中似乎有什么东西一直在等：作品106号奏鸣曲在等晚期贝多芬写它，而贝多芬在等"新钢琴"（既作为一个物，也作为一个观念）的诞生。

17

对于我们这代作家和诗人，是不是也存在与此相似的等待？写到"六十之后"，在写作层面还有什么是值得一等，或值得被等的？一个真正进入六十之后写作阶段的诗人，能像瓦格纳在半音革命的转折点上等某个"瓦格纳男高音、女高音"、像贝多芬等锤子键钢琴的发明一样，等着自己的高级读者出现，等着艰深的、智力超凡的评论家出现，等着折返点出现？或反过来，把等变成被等：在某处，被高你一筹的读者、被神启般的批评家、被超历史的折返点所等？问题是，你能容许六十之后的写作，被你自己二十五岁的写作所等？真的有这个必要吗？比如，你在等贝多芬的耳聋，而你并不是贝多芬。你在等囚禁六十岁庞德的那个铁笼子，问题在于你关进去也未必能写出《比萨诗章》。

18

著名的音乐思想家、德国《音乐学杂志》首任主编阿尔弗雷德·爱因斯坦是物理学家爱因斯坦的远房堂弟，他在影响极为深远的《音乐中的伟大性》（此书有中译本）一书中提出了一个重大问题：是什么使得一些音乐家伟大、另一些音乐家不够伟大？他不仅从历时性和共时性这两个角度讨论了这个问题，而且引入了一个关乎洞察力、识别力的讨论角度：在音乐的隐秘深处，存在着"音乐中的伟大性"之保密条件。他试着以"认知"之名来解密，为音乐的洞察力和识别力提供更浩瀚、更深邃、更普适的考量依据，亦即音乐伟大性的五个要素：高产，天才，博大（广泛性与复杂性），完美（创作生涯的高完成度），心灵的丰富。这里。我只想简单谈及与本文主旨相关的两个例子。其一，舒曼早年写作歌曲和钢琴小品时展现了伟大的潜质，但他后来试图接近贝多芬领域的那种大体量、那种复杂与深奥时，便与"音乐中的伟大性"渐行渐远。换言之，舒曼是个天才的、足够伟大的"二十五岁"早慧音乐家，但他进入不了贝多芬意义上的"六十之后"，后期创作不够伟大。第二个例子是关于巴赫的。前面一直在讨论瓦格纳与贝多芬，这两个旷世音乐伟人的自我特性极强，能将内心与"此世"的抵触，能将心物的不协调转化为创作的内驱力。巴赫与他们完全不同，他是站在自己的时代之外、之上，甚至站在自己的内心之外、之上，从事音乐写作的。按照爱因斯坦本人的说法："当他以音乐来表达时，他似乎不是他自己……巴赫这个人，在他的作品中完全消失，比莎士比亚在他的戏剧中的消失更甚。"

19

有的人一生就这么写下来，一辈子也不会出现"二十五岁"的写作、"六十之后"的写作这样的问题，九十岁了还是个文学青年。这也真够幸福、真够甜美、真够圆满、真够我执的。祝福这样的写作。但我自己不这么写。六十之后，我进入长诗写作阶段，所思、所想、所读、所写，几乎都带有某种"研究"特征。我一时找不到更贴切的词，姑且用"研究"一词，但我想表达的可能是别的意思。我指的不是那种学术的、学问的、学理的、知识的、资料的、材质的、及物或不及物的"研究"，但又与之有所沾染。多年的写作，使我认定人的心智、灵魂、信念，皆与"研究"有所关联。六十之后，我想通过长诗写作，把"绝对不是研究，但几乎是研究"，这么一种复杂诗意的沾染、内视与深听的沾染、暗语言的沾染，加以集束，又扩散开来。我大致将这里面的"研究"理解为某种态度、氛围、取向、容错、约束、区隔、汇总，这些特征在我"六十之后"写的楷体小字中也有所体现。比如，以小字写大字，将碑与竹简的刀意写进笔法，将手抄佛经的幽灵气息、宋代雕版刻字的匠人方法，尽可能从容地、尽可能徐缓宽大地呼魂进来，吸取进来，沾染进来，盈握进来，在字的放大及力的扩散之上，透现出汉字本身的构造性内伤、生成性内力，透现出落笔着墨的种种迹象、症候、聚散。这是书法吗？不好说。至少对我本人来说，这更多不是在写书法，而是在写"字的研究"，"书写性的研究"。写书法，我一直以来从没夹带什么抱负，不拿它励志，也不拿它当作纯消遣。总之，写着，自己觉得愉悦畅快就好。不过近几年的小楷书写（以及章草书写）慢慢出现了琢磨的、混搭的、容错的、研究的特征，这与我长诗写作的"六十之变"几乎是同步发生的。或许是：笔墨老了，敬畏日深。

20

我对暗含症候性质的东西感兴趣。这一点，在我步入二十五岁写作阶段时已有所显露。当时，我写了不分行的《悬棺》，一首完全与时代脱节、与诗歌潮流反向而行、与流行写法无涉、不在现场的长诗。写的时候，我自己也不知道它是什么。孔子说"四十而不惑"，但到了四十岁我还对此诗感到迷惑。或许一个诗人，六十之后比四十岁对二十五岁知道得更多，更与之贴近？总之，《悬棺》一诗暗含的原文症候，在我四十年后写作长诗《鸠摩罗什》时，在我阅读刘皓明从拉丁语原文、古希腊语原文、德语原文分别翻译到汉语里来的贺拉斯长诗、品达长诗、荷尔德林长诗时，再度被打开了。刘皓明翻译上述三人时，使用的不是现成中文、二手中文，而是某种古奥的、扭结的、石化的、几乎没有原文的语言，而这正是他对汉语深处的"原文症候"的提示、寻赜、造极。刘皓明干的这事，与鸠摩罗什在 1700 年前翻译佛经时对汉语所做的事，有异曲同工之妙。鸠摩罗什是个出生在龟兹（今新疆库什）的印度高僧，他六十之后开始翻译《金刚经》《法华经》等核心佛典，以一己之力发明了另一种汉语：仅限于和佛语匹配的、几乎没有母语和原文的、非古非今的、阅后即焚的那样一种元语言。我是在一遍一遍用小楷抄写《金刚经》和《法华经》的经文时，顿悟这一点的：也许我说错了，写错了，但是很奇异，我抄写佛经的小楷，其模样、气息、滋味，用来书写别的文本时（包括古诗词，包括《老子》《庄子》《尚书》《楚辞》《易经》）就完全走样了，有些说不清楚是什么的东西消失不在了。难道我书写的不仅仅是汉字吗？这真的很奇异。我一下子理解了，为什么书法史要单独划出一块，留给佛经抄本。

21

那么，汉语原文，本身是否也没有鸠摩罗什译经时所借力、所挪用的某种东西？甚至我断言，从语言症候上看，佛经本身也没有这种东西。鸠摩罗什不仅在译经时把我称之为"元语言"的东西发明出来，把它作为礼物给了古汉语；也报恩般、返祖般把它给予了佛典，给予了印度，给予了梵文。须知，佛祖释迦牟尼最初说法时使用的是小地方的方言摩羯陀语，当时弟子中有人主张以梵文弘法，受到释迦牟尼本人的严厉批评。直到佛祖去世好几百年后的公元四世纪，印度已经普遍使用梵文，原佛典的散文部分（长行部分）才改用梵文，而偈颂部分仍为摩羯陀语。所以，梵文的佛经也只是译文。鸠摩罗什的汉译融汇进来后，构成了某种新的东西，已非摩羯陀语，已非梵语，也非单方面的汉语，而有可能是三者混生之后的某种高纯度提取。

22

这种症候性语言，在前文论及的现代性限定下，是不大可能被发明出来、考掘出来的，你甚至没法拿它来写作。所以，何不掂量一下、考虑一下超乎现代性限定之外和之上的写作方案？何不拓展我们自己的语言、词汇表、想象力、驱驰力、建构力？何不把写作与阅读的延伸，递给更为浩渺、更为深邃、更为复杂、更为崇高、更多向度的可能性？就此打住。写这篇短文的初衷，本是想谈谈六十之后的写作之变，但写着写着就写偏了，不过"六十之后"的写作，本就为容错、为研究、为琢磨、为转化，预留了必不可少的"空出"。